EL
COLOR
DEL
CORAZÓN

EL COLOR DEL CORAZÓN

*La historia de
Harriet Beecher Stowe y
la novela que cambió una nación:
La cabaña del tío Tom*

MARIO ESCOBAR

GRUPO NELSON
Desde 1798

NASHVILLE   MÉXICO DF.   RÍO DE JANEIRO

Editora en Jefe: *Graciela Lelli*
Edición: *Juan Carlos Martin Cobano*
Diseño interior: *Setelee*

ISBN: 978-1-40021-867-7

Impreso en Estados Unidos de América

20 21 22 23 24 25 LSC 9 8 7 6 5 4 3 2 1

A Elisabeth, mi querida esposa, que tiene un gran corazón
y dedica su vida a los desfavorecidos y despreciados.

A mis amigos Juan, Pedro, Nuria, Mª Ángeles, no hay
mayor amor que este, que uno dé su vida por sus amigos.

«*La cabaña del tío Tom* ha hecho más que cualquier obra de literatura para que la servidumbre de los negros en el Sur parezca no solo el tipo de toda esclavitud, sino la que nos hizo sentirnos culpables. Podemos recordar lo que sucedió a los judíos... o lo que le sucedió a un escritor blanco como Cervantes cuando fue esclavo en galeras. Gracias a Harriet Beecher Stowe, el color siempre representará a los oprimidos».

—ANTHONY BURGESS

«Fundamental para entender la cultura americana».

—PERRY MILLER

«¡Ay, con qué frescura, con qué solemnidad y belleza, nace cada nuevo día! Como si dijera al hombre insensato "¡Mira, tienes otra oportunidad! ¡Lucha por conseguir la gloria inmortal!"».

—*LA CABAÑA DEL TÍO TOM* (1852), HARRIET BEECHER STOWE

«Existen en este mundo algunas almas benditas, cuyas penas se convierten en alegrías para los demás y cuyas esperanzas terrenales, colocadas en la tumba con abundantes lágrimas, son una semilla de la que brotan flores y bálsamos curativos para los desolados y los afligidos».

—*LA CABAÑA DEL TÍO TOM* (1852), HARRIET BEECHER STOWE

Algunos comentarios del autor

El color del corazón es ante todo una novela, pero en el fondo es mucho más. Trata sobre lo eterno. Todo parece pasajero, tenemos vidas con fechas de caducidad, la moda hace que las cosas que ayer eran novedosas y atractivas hoy nos parezcan patéticas y obsoletas. Frente a esta carrera frenética en la búsqueda de lo nuevo y de lo pasajero, lo eterno sigue teniendo una fuerza absoluta.

El color del corazón trata de esas cosas eternas que impiden que la actual levedad del ser se convierta en algo permanente. La superficialidad es casi tan peligrosa como el fanatismo. Vivir sin propósito significa, ante todo, no saber vivir. Muchos intentan afanarse por tener una vida mejor. Los puedo entender, nací en una familia humilde que carecía de casi todo, pero hace mucho tiempo aprendí, con bastante dificultad, que el mayor tesoro que tenemos es y tiene que ser eterno.

El libro *La cabaña del tío Tom* cambió una nación y, por ende, el mundo de su época. Una mujer valiente, atenazada por la misericordia, gritó a los cuatro vientos lo que muchos callaban. Era insignificante frente a los grandes intereses de la época, una voz que clamaba en el desierto, pero recibió el eco de miles y cientos de miles de voces minúsculas, insignificantes, que al unirse a ella formaron el coro más impresionante que jamás se haya escuchado en la tierra.

El color del corazón es un canto a la hermandad humana, a los principios y valores que nos unen. En la sociedad actual se ha enseñado que todo lo que va mal es por causa de los otros: el capitalismo, los ricos, el gobierno, los extremismos, incluso el mismo Dios. Muy fácilmente nos convertimos en jueces y, ya sea actuando de forma incorrecta o guardando silencio ante la injusticia, olvidamos que todos somos parte de este mundo que nos gustaría ver cambiar.

La obra de Harriet Beecher se convirtió en eterna o, mejor dicho, inmortal porque trata sobre esos valores eternos que configuran al ser humano.

Harriet Beecher Stowe escribió *La cabaña del tío Tom* en la etapa más oscura y turbulenta de su vida. Acababa de perder a su hijo Samuel en el año 1849; durante un tiempo, nada parecía animarla o consolarla, hasta que recibió una revelación que la animó a escribir una novela sobre la esclavitud en Estados Unidos.

La joven esposa y madre, hermana e hija de pastor, sentía una profunda devoción cristiana y había dedicado su vida a luchar contra la esclavitud y por el respeto a las mujeres. Como cristiana, decidió que la Ley de Esclavos Fugitivos de 1850, que prohibía que se les diera cobijo a los esclavos huidos al Norte y castigaba a las personas que los ayudasen, fue la gota que colmó el vaso de su paciencia.

La cabaña del tío Tom se publicó en forma de artículos en un periódico abolicionista llamado *The National Era*. Desde el primer momento fue un éxito rotundo, los dramáticos personajes de la novela llegaron al corazón de cientos de miles de personas y, más tarde, de millones. Se tradujo a casi todos los idiomas y durante el siglo diecinueve se convirtió en el libro más vendido después de la Biblia. A lo largo de estos más de 168 años, la novela ha cambiado la vida de las personas que la han leído, sin dejar a nadie indiferente.

Un país debe enfrentarse a todas sus contradicciones, porque una nación dividida no puede permanecer, tal y como Abraham Lincoln dijo en uno de sus más famosos discursos, inspirado en el texto de Mateo 3.24-26.

El poder de la ficción es mucho mayor de lo que podríamos imaginar. En la actualidad se da una gran importancia al «relato», hasta afirmarse que únicamente los que logran explicar mejor el mundo son los que terminan sobreviviendo. La novela de Harriet Beecher tuvo ese poder transformador, porque la fuerza de sus personajes se encontraba en el poder del amor al prójimo. La sociedad occidental se encuentra ante la mayor crisis de valores en los dos mil años de su historia. Redefinir aquello que nos convirtió en la vanguardia del mundo y que apoyó los cambios que crearon sociedades más libres, justas y avanzadas nos ayudará a recibir el legado de Harriet y otros como ella, que lograron devolver a todos los que se consideran seguidores de Jesús la dignidad de vivir y luchar por las verdades eternas del evangelio.

Personajes principales

Tío Tom

El tío Tom es el personaje principal de esta obra, un esclavo cristiano noble y sufrido, que deberá luchar contra muchas adversidades.

Eliza

Eliza es una esclava y doncella personal de la señora Shelby, que escapa al Norte con su hijo Harry, de cinco años, después de haber sido vendido al señor Haley.

George

Esposo de Eliza y padre de Harry en Ohio.

Eva

Un personaje similar, también llamado Little Eva, apareció más tarde en la novela para niños *Little Eva: The Flower of the South*, de Philip J. Cozans, aunque irónicamente fue una novela contraria a *La cabaña del tío Tom*.

Simon Legree

Simon Legree es un cruel propietario de esclavos, un norteño de nacimiento, cuyo nombre se ha convertido en sinónimo de codicia.

Arthur Shelby

El primer dueño de Tom.

Emily Shelby

La esposa de Arthur Shelby. Es una mujer profundamente religiosa que se esfuerza por ser una influencia amable y moral para sus esclavos y se horroriza cuando su marido se los vende a un traficante.

George Shelby

El hijo de Arthur y Emily, que ve a Tom como un amigo y como el cristiano perfecto.

Chloe

La esposa de Tom y madre de sus hijos.

AUGUSTINE ST. CLARE

Dueño de Tom y padre de Eva.

MARIE ST. CLARE

Esposa de Augustine y madre de Eva.

TOPSY

Una joven esclava acogida en la casa de los St. Clare.

MISS OPHELIA

Prima cristiana, trabajadora y abolicionista de Augustine St. Clare.

PRUE

Una esclava deprimida que se vio obligada a dejar que su hijo muriera
de hambre.

QUIMBO Y SAMBO

Esclavos de Simon Legree y sus capataces en la plantación.

CASSY Y EMMELINE

Esclavas de Simon Legree.

Índice

❧Prólogo❧

La desesperación puede causarnos grandes alegrías

Brunswick, Maine, 16 de junio de 1850

No hay desesperación ni trago más amargo que el de una madre que acaba de perder a un hijo. Cada día, lo primero que le venía a la mente era el rostro de Samuel Charles, aquellos mofletes sonrosados, los ojos vivos y azulados, su eterna expresión de alegría, como la de todos los que aún no han experimentado los sinsabores de la vida. No podía quejarse, sus otros cinco hijos crecían sanos y otro estaba en camino. Le pondrían el nombre de Charles Edward, aunque sabía que el pequeño Samuel era insustituible. Harriet guardaba en un cajón la ropa de su pequeño, si bien era incapaz de abrirlo y oler aquel aroma inolvidable. Gracias a su esposo Calvin, que era el hombre más dulce de Nueva Inglaterra, aquella amargura la llevaba con resignación.

Su hermana Catharine, su esposo y sus dos hijos mayores habían llegado unos días antes. Tenían que poner todo en orden antes de que naciera el nuevo miembro de la familia.

Harriet amaba su oficio de escritora y periodista y, sobre todo, su fe en Dios le daba la esperanza de que un día vería a su pequeño de nuevo, más allá de las nubes. Toda aquella infelicidad era lo que más la atormentaba. ¿Quién era ella para encontrarse tan apenada? Miles, por no decir cientos de miles y millones de criaturas, sufrían desdichas inimaginables y no tenían ni a una persona para poder enjugar sus lágrimas.

Se levantó de la cama torpemente, como si las sábanas fueran unas cadenas de las que era muy difícil liberarse, y se vistió con desgana. Cada gesto le parecía un insulto, un desprecio a su pequeño. ¿Cómo podía seguir viviendo como si nada? ¿Acaso no importaba que ya no estuviera? ¿Su vida no tenía importancia para nadie? Calvin y los niños evitaban mencionarlo, como si estuvieran exorcizando a un fantasma, pero ella no podía ni quería olvidarlo.

Las personas que han sufrido una pérdida importante o se han sentido vencidas por la depresión la entenderán bien, pero también todos los que aman y son amados por alguien.

Se recogió el pelo castaño oscuro, casi moreno, y bajó las escaleras hasta el recibidor, después se dirigió a la cocina, donde la algarabía de su tropa parecía no acabar nunca. Todos la miraron sorprendidos. Llevaba semanas sin ir a la iglesia y días sin apenas abandonar la cama. Muchos achacaban su decaimiento al embarazo, pero ella estaba segura de que era por el recuerdo de su hijo fallecido, mientras otro crecía silenciosamente en su vientre.

—¿Quieres tomar un té? —le preguntó su esposo con un brillo emocionado en los ojos, no tanto porque fuera aquella mañana a la iglesia, sino porque consideraba un avance su manera de reaccionar ante la última discusión entre ambos. Casi nunca se enfadaban. Su matrimonio había sido hasta ese momento como una balsa de aceite. Calvin era de los pocos hombres que contaban para todo con su esposa, aunque eso no significaba que ella no tuviera que realizar muchos sacrificios por él. Uno de los más duros fue dejar Cincinnati y vivir en Maine. El clima de Maine era endiablado, pero lo que más echaba de menos era a sus padres y hermanos. Al menos, Catharine pasaría una temporada con ellos.

—No tengo apetito. Muchas gracias.

Harriet se tomaba todo aquello con cierta resignación. Nadie podía entender el dolor de una madre, por mucho que lo intentase. La mayoría de sus hijos y su esposo lo único que sentían era su rechazo.

—Me alegro de que al final te hayas decidido a venir. El mejor lugar para sanar el alma es la iglesia —dijo Calvin mientras apartaba a un lado el periódico.

El titular del *National Era* no podía ser más terrible, la Ley de Esclavos Fugitivos estaba causando estragos en los estados fronterizos, mientras los buenos ciudadanos parecían indiferentes ante tanto sufrimiento.

Al otro lado de la calle se escuchó el relincho de los caballos; su esposo había pedido que le acercaran el coche a la puerta. La tropilla se dirigió gritando y corriendo hacia la entrada, mientras Calvin les pedía que se abotonaran los abrigos y se pusieran los sombreros. El frío y húmedo viento de Maine podía cortarles las mejillas al instante a pesar de estar a mediados de junio. La brisa marina era fresca y pegajosa. Después sostuvo la puerta hasta que la mujer cruzó el umbral por primera vez en muchas semanas.

Harriet levantó la mirada y vio el cielo plomizo, que separaba como un telón al mundo invisible del visible. Después observó el jardín completamente verde y a sus hijos que corrían de un lado al otro jugando. Su esposo le ofreció el brazo y bajó los escalones con torpeza. La tierra se encontraba aún húmeda por las últimas lluvias y sintió el frío en las botas negras en cuanto caminaron por el breve sendero hasta la valla. Calvin le abrió la puerta pintada de blanco y después ayudó a su esposa a subir al carruaje cerrado. En cuanto estuvo sentada, los chicos entraron a la carrera e intentaron acomodarse lo mejor posible. Notó el calor de los más pequeños a su lado y, por un segundo, sintió de nuevo lo que era ser madre. Les acarició sus cabezas algo húmedas por la ligera lluvia que comenzaba a caer y cerró los ojos, dejando que el traqueteo del carruaje la relajase un poco.

En apenas unos minutos, a pesar del barro que se extendía por el camino, se detuvieron frente a la puerta de la First Parish Church, el resto de los carruajes se agolpaba por todas partes, la mayoría de los feligreses ya se encontraba en sus bancos, pero unos pocos rezagados subían la escalinata para introducirse por la puerta terminada en punta. Los Stowe entraron en la iglesia justo cuando se entonaba el primer himno. Harriet se quedó parada en la puerta, como si el simple hecho de entrar le produjera un dolor insoportable. En una iglesia como aquella se había despedido de su hijo, lo había entregado a Dios como un holocausto perfecto.

—¿Qué te sucede, querida? —preguntó Calvin en un susurro casi imperceptible por el estruendo de las voces cantando.

—Nada, me quedaré en los últimos bancos.

Su esposo frunció el ceño. La mayoría de la gente le preguntaba cada domingo por ella, pero, si encima no se sentaban juntos, los rumores se extenderían como una plaga de langostas.

—Me siento mareada y con náuseas; si empeoro, no quiero correr desde las primeras filas hasta el fondo de la iglesia. Me quedaré aquí.

Las últimas filas del templo estaban destinadas para los visitantes y, en muchos casos, para aquellos que sentían el repudio social por sus faltas. Calvin hizo unos aspavientos y se dirigió con paso firme hasta su banco reservado. Harriet no le prestó atención. Los cánticos lograron mitigar algo su pena, cerró los ojos y, simplemente escuchando, esperó a que su alma se acallara y su espíritu se elevase por unos momentos.

El sermón del reverendo George E. Adams fue brillante, como siempre, pero ella apenas se enteró de nada. Su mente no dejaba de vagar de un lado para el otro. La congregación se levantó para entonar un último himno antes de despedirse, pero ella se quedó sentada, sintiendo cómo la tristeza la invadía de nuevo. El himno logró apaciguarla, se puso en pie y, con los ojos cerrados, creyó ver flotando en el techo artesonado de la capilla a un coro de ángeles, querubines con sus rostros sonrosados y felices. Uno se parecía mucho a su hijo. Después se le unieron varios querubines negros, que comenzaban a llorar amargamente. Harriet recordó a algunas de las mujeres a las que habían dado refugio en Cincinnati y las terribles historias de separación y sufrimiento de sus hijos, arrancados de su lado para ser vendidos por los comerciantes de esclavos.

La mujer escuchó a su espalda un ruido y se volteó. Un hombre negro vestido de forma sencilla cantaba con el himnario en la mano. Sus ojos se cruzaron apenas un segundo. Cuando volvió a mirar a su espalda, el hombre había desaparecido.

No le contó nada a su esposo sobre su visión y el hombre que había abandonado la iglesia precipitadamente. Aquella semana fue muy extraña, pareció recuperarse en parte de su tristeza y regresó a sus muchos quehaceres. A pesar de su estado de gestación y de las noches en vela, no dejaba de escribir, jugar con los niños, coser y miles de tareas que siempre parecían interminables. Aunque en su mente solo había una idea: tenía que hablar con aquel hombre y descubrir su historia.

Al domingo siguiente, el día se levantó sereno y soleado. El cielo azul parecía anunciar un verano caluroso. Harriet ayudó a los niños a vestirse, casi corrió hacia la iglesia mientras su marido intentaba permanecer a su lado. Se sentó en la misma fila de bancos y esperó impaciente a que el hombre apareciera. Apenas se pudo concentrar en el culto; de vez en cuando miraba a su espalda, pero no había ni rastro del extraño. Al final cerró los ojos e intentó orar por unos momentos. El reverendo Adams terminó su mensaje, entonaron el himno y, al girarse de nuevo, lo vio.

Apenas había terminado la última estrofa cuando el extraño se dirigió a la puerta, pero esta vez Harriet ya había salido de la fila del banco y caminado a toda prisa hacia la entrada.

—Disculpe, señor, quería saludarlo.

El hombre, con el sombrero todavía en la mano, la observó sorprendido.

—Soy Sambo Richardson.

—Encantada.

Él no dejaba de mirarla, mientras ella se sentía incómoda ante la situación, sin saber qué decir. La gente comenzaba a abandonar los bancos y los observaba con una mezcla de curiosidad y rechazo. No era normal que una dama hablara con un forastero o se dirigiera a él sin la presencia de su marido.

—El otro día, lo estuve observando y justo antes...

—¿Usted también lo sintió? —le preguntó Sambo con cara de sorprendido.

Ella afirmó con la cabeza sin saber muy bien si los dos hablaban de lo mismo.

—Escapé del Sur hace unos meses. No debería estar aquí, a luz del día y en un lugar público, los cazadores de esclavos se encuentran por todas partes.

—No suelen venir tan al norte —lo tranquilizó Harriet.

—No me creerá, pero Dios me dijo que viniera a este pueblo y que hablara con una mujer. No sabía qué mujer hasta que la vi el domingo pasado.

Harriet se quedó tan sorprendida que se limitó a guardar silencio y cruzar los brazos.

—Usted es la mujer elegida, debemos hablar, tengo algo que entregarle.

Calvin llegó hasta ellos justo en ese momento. Sambo pareció retroceder, su rostro repleto de cicatrices y su robusto cuerpo debajo de la chaqueta no ofrecían mucha confianza, pero, en cambio, sus ojos eran puros e inocentes.

—¿Por qué no se pasa por nuestra casa esta tarde a tomar el té? —le preguntó ella.

Calvin frunció el ceño, sorprendido. Habían dado refugio a muchos esclavos que huían de sus amos mientras se encontraban en Ohio. Se imaginó que aquel hombre le había pedido algún tipo de ayuda.

—Allí estaré, señora. Usted será la mujer que cambiará este mundo, Dios la ha elegido —dijo mientras le estrechaba la mano. Después se dio media vuelta y se alejó a paso ligero hasta desaparecer por completo.

Aquellas palabras retumbaron en su mente durante el resto del día. ¿Cómo alguien tan insignificante como ella podía cambiar nada? No era capaz de superar su tristeza; se sentía tan frágil e insuficiente que aquel encuentro la llenó de confusión y alegría al mismo tiempo.

Parte 1ª
Un ángel en el cielo

∞ Capítulo I ∞

Vida e infancia del tío Tom

Brunswick, Maine, 23 de junio de 1850

Apenas probó bocado, dejó al resto de la familia en cuanto terminaron la comida y se encerró en su cuarto. Harriet parecía aún más inquieta que antes de la breve charla con el hombre de color. Las afirmaciones de Sambo la inquietaban. ¿Qué podía hacer ella para cambiar el mundo? Era cierto que había alcanzado algo de fama con sus artículos antiesclavistas, aunque la mayoría de sus lectores eran cristianos devotos sin ningún poder político ni económico. Los empresarios del Norte, los hombres fuertes de Washington, los terratenientes del Sur, eran los verdaderos dueños del país. La palabra escrita no tenía más valor que el papel en que se imprimían; no podían salvar esclavos ni cambiar nada. Estos pensamientos atormentaban a la mujer cuando escuchó la campanilla de la puerta. Se levantó de la cama, en la que había intentado descansar sin éxito, y corrió escaleras abajo para dirigirse a la entrada. Su esposo estaba a punto de girar el pomo cuando ella se situó, nerviosa, a su espalda. El hombre, al ver a Calvin, pareció inquietarse un poco.

—¿Está la señora Beecher? Me invitó a tomar el té cuando nos vimos en la iglesia.

Ella se asomó por un lateral de la espalda, su esposo era mucho más alto. Le sonrió tímidamente y ambos lo invitaron a pasar. Mientras Calvin llevaba al hombre hasta el salón, Harriet preparó el té y una bandeja con pastas. La mujer estaba saliendo de la cocina cuando su marido entró azaroso.

—¿Qué sucede, querido? —le preguntó, algo nerviosa.

—Me ha pedido que puedan hablar a solas. Es algo inconveniente y del todo inusual, pero...

—No creo que me suceda nada, además, tú estarás en el despacho, a unos pocos pasos.

Su esposo afirmó con la cabeza y se dirigió a su estudio. Tomó la Biblia y comenzó a leerla para matar el tiempo, aunque cada vez que oía la voz del hombre se inclinaba hacia un lado e intentaba escuchar la conversación.

—Señor Sambo.

—Realmente no es un nombre, señora. Mis padres eran originarios de la Florida. Mi padre era negro y mi madre, india; a quienes nacen de la unión de indios y africanos se les llama zambos. El tratante de esclavos me llamaba así y mi amo pensó que era mi nombre, pero no he venido desde tan lejos para hablar de mí, señora Beecher. Le he traído algo y tengo una historia que contarle.

Harriet le sirvió una taza de té y se sentó impaciente en una silla enfrente de la mesita baja.

—Le reconozco que estoy abrumada y algo confusa. ¿Quién lo envía? ¿Por qué ha acudido a mí? ¿Qué tiene que entregarme?

Sambo sonrió como si todas aquellas dudas no hicieran sino confirmar su misión.

—No me envía nadie, si se refiere a una persona. Hace unos meses sucedió... Bueno, será mejor que lo lea usted misma.

Él se agachó y extrajo de una pequeña alforja lo que parecía un cuaderno bastante grueso, encuadernado con piel, pero muy ajada y sucia. Lo dejó sobre la mesa y volvió a sonreír.

—Un amigo me dio esto para usted. Me comentó que una mujer blanca, en el Norte, donde casi se termina el país, debía leerlo. Me prometió que Dios me guiaría. Salí de un pequeño pueblo cerca de Nueva Orleans hace más de dos meses. Vagué por varios estados, la mayor parte del tiempo a pie, pero también en carreta, barco y tren. No paré hasta llegar a Maine. Mientras caminaba hacia la frontera con Canadá, tuve la vívida sensación de que esta era la ciudad. Después, algo me llevó hasta la iglesia en la que la vi la semana pasada, pero, a pesar de que supe desde el primer momento que usted era la elegida, tuve temor y salí corriendo. El resto de la historia ya la conoce.

El lenguaje de Sambo era tan llano y sincero como su corazón. A pesar de su aspecto fiero y brutal, Harriet sentía que la existencia de aquel hombre había cambiado por completo en algún momento de su vida.

—Su historia me parece increíble. ¿Está sugiriendo que Dios lo trajo hasta mí para entregarme ese cuaderno? —preguntó mientras señalaba a la mesita.

—Sí, señora. La persona que me lo entregó me dijo que usted sabría qué hacer con él, que si se dejaba usar por el Creador cambiaría la suerte de los esclavos en esta nación.

En ese momento, la mujer sintió un escalofrío que le recorrió la espalda y se le erizó el vello. Alargó las manos de dedos finos y pálidos y tomó el cuaderno. El papel era basto y parecía cosido a mano, las hojas no se encontraban igualadas y cortadas con guillotina. La piel áspera conservaba en algunos puntos algo del vello del cordero y en la portada estaba escrito en letras mayúsculas «TÍO TOM». La caligrafía era irregular y de pulso tembloroso, parecía escrita por un niño o alguien que no dominaba bien la pluma.

—El tío Tom me lo entregó en custodia, ahora quedo libre de todo peso —dijo el hombre, aliviado, como si la promesa hecha a su autor fuera una dura carga de la que deseaba librarse.

—¿Qué quiere que haga con esto?

—Lea la historia, yo no he podido. No soy un erudito, pero gracias a la Biblia sé leer bien y escribir, aunque a un esclavo no le sirve de mucho.

—¿Un esclavo? ¿Usted escapó de Luisiana?

—No, señora. El señorito George Shelby compró mi libertad, pero será mejor que lea la historia desde el principio.

El hombre se puso en pie, se colocó el sombrero y la alforja y dio por concluida la visita. Harriet lo acompañó hasta la salida, después cerró la puerta y se quedó un momento apoyada en ella.

—¡Dios mío!

Calvin acudió a la entrada algo asustado, temía que aquel desconocido le hubiera causado algún daño a su esposa. En cuanto la vio, se tranquilizó. No parecía magullada o herida, pero su rostro estaba tan pálido como si hubiera visto un fantasma.

—¿Qué te sucede, querida?

—¡Dios mío! Acaba de pasarme lo más asombroso que te puedas imaginar. Estoy anonadada.

La pareja se dirigió al salón, el hombre observó el manuscrito sobre la mesa, lo tomó y comenzó a hojearlo. La letra era más clara en la primera mitad del cuaderno, pero hacia el final se emborronaba y retorcía.

—¿Qué es esto? —preguntó, asombrado y nervioso.

—La historia de un hombre negro, creo que se llama tío Tom.

Después Harriet le explicó a su esposo todo lo que Sambo le había contado. Calvin siguió atento la explicación hasta el final, sin expresar emoción o sorpresa.

—¿Qué piensas hacer, querida?

—Leerlo. Después, Dios dirá.

La mujer se dirigió a su cuarto con el cuaderno entre sus brazos, como si transportara a un delicado bebé. Su prominente barriga parecía temblar mientras subía pesadamente los escalones de madera. Después se dirigió al pequeño escritorio que había en un rincón. Buscó una hoja y la pluma, debía tomar notas e intentar comprender hasta la última letra y el último punto de lo que parecía un largo diario.

Abrió la tapa y vio una primera anotación:

> *Escribí estas notas para mi amigo, el tío Tom. Nunca he conocido alma más noble ni cristiano tan bueno y devoto como él. Este diario es la historia de su vida, desgracias y alegrías.*
>
> *Evangeline St. Clare.*

Harriet dio un largo suspiro y comenzó a leer:

> *Me llamo Tom, aunque todos me conocen como tío Tom. Sin embargo, mi verdadero nombre, el que al parecer me pusieron mis padres, fue Josías, dedicado al último rey de Judá. Josías fue un rey bueno, que reconstruyó el templo de Dios y, tras el descubrimiento de la ley por el sumo sacerdote Hilcías, se propuso restaurar el culto al Señor. Nací el 15 de junio de 1789 en el condado de Charles en Maryland, a muy pocas millas de la capital federal...*

Harriet cerró bruscamente el diario después de ocho horas sin parar de leer. Su esposo le pidió que descansara, pensando sobre todo en su avanzado estado de gestación, pero sencillamente no podía dejarlo, tenía que saber el final.

Al alba, Calvin levantó la cabeza y miró al escritorio, su esposa permanecía despierta. Parecía escribir con profusión, como si tuviera cierta urgencia.

—¿Qué haces, querida? No puedo creer que no hayas pegado un ojo en toda la noche.

—No, querido. Tengo que escribir un libro.

—¿Un libro? ¿Qué libro?

—Te conté que en marzo le escribí a Gamaliel Bayley para proponerle una serie de artículos sobre la esclavitud.

—Claro que lo recuerdo, yo mismo te animé a hacerlo —dijo él, aún algo aturdido. Se puso el batín y se dirigió hasta el escritorio. La claridad ya alumbraba las calles de la ciudad, pero en el cuarto seguía reinando una cierta penumbra. La mesa iluminada por la lámpara de aceite era la única isla de luz en la oscuridad.

—No voy a redactar artículos, voy a escribir un relato. No sé cuánto ocupará, pero puede que sea largo.

—¿Un relato? —preguntó Calvin, confuso, no estaba seguro de que su esposa estuviera preparada para algo así.

—Tratará sobre la historia del tío Tom. No sé muy bien cómo lo titularé, pero será el relato de su vida. Si supieras, querido. La vida de este hombre es increíble y trágica al mismo tiempo.

Su esposo la observó con cierta incredulidad. Aunque Harriet era muy tenaz y determinada, no tenía experiencia en el campo de la ficción. Tampoco estaba seguro de que aquel género fuera el más adecuado para tratar un tema tan peliagudo.

—¿Estás segura, querida?

Harriet lo miró con una sonrisa, sus ojos azules brillaban como antes de la pérdida de su hijo. Aquello fue suficiente prueba para él. Le entusiasmaba verla de nuevo alegre y decidida. Se habían conocido quince años antes en Cincinnati. Él era un viudo taciturno y solitario, que únicamente pensaba en los libros y en sus clases en el seminario; ella era una joven inteligente, idealista y decidida a cambiar el mundo. A veces se sentía culpable de haberla llenado de hijos, ahogando poco a poco todas sus expectativas como escritora y activista. Apenas había podido apoyar a su hermana Catharine en su empeño de ayudar a los nativos americanos, en contra de la Ley de Traslado Forzoso de los Indios, del presidente Jackson, que quería quitar la tierra a los nativos y llevarlos hacia el Oeste. Tampoco había hecho mucho por la abolición de la esclavitud, aunque era cierto que habían dado cobijo a algunos esclavos mientras permanecían en Cincinnati. Ahora podía hacer algo para cambiar las cosas y él la apoyaría sin duda.

—¿Te arrepientes en ocasiones de haber nacido mujer? —le dijo sin pensar. Después se dio cuenta de la osadía de su pregunta y se sintió mal.

Ella lo miró con ojos comprensivos. Si algo sabía de su amado esposo era, sin duda, que estaba ante uno de los hombres más dulces y benévolos del país.

—No, querido. Tengo un poder que los hombres jamás poseerán. Ellos han dominado el mundo, sembrando la tierra de violencia y maldad. Han levantado suntuosos palacios, grandes imperios y hecho guerras odiosas y crueles. Nosotras hemos sido sometidas y mantenidas en la más absoluta ignorancia para ser dominadas con facilidad, pero lo que nunca ha conseguido el hombre es robarnos el alma. Las madres y maestras podemos influir en la mejora de la sociedad. Los hombres se corrompen fácilmente por los males de la política y el amor al dinero. Nuestra gran misión es enseñar a la nueva generación a pensar por sí misma, dándole principios morales más altos y moldeando sus mentes para el bien.

Calvin la escuchó con gusto, siempre le había parecido una gran oradora. Lo cierto es que su amada esposa era en todo más brillante que él, pero la sociedad la limitaba a un segundo plano.

—Querida esposa, sabes que soy tu principal admirador —dijo tocándole suavemente la barbilla.

—En la vida, Dios me ha dotado de un compañero amable, cariñoso e inteligente. No hubiera elegido otro. También Dios me dio un cerebro como el de los hombres y una misión. Querido, creo que acabo de encontrarla.

Los dos amantes se abrazaron, mientras Harriet notaba cómo su pecho se encogía de emoción. Recordó su conversión a los trece años, la alegría que produjo en su padre, sus compañeras de clase y su hermana mayor.

Durante años se preguntó si realmente había entendido el mensaje de salvación y era una hija de Dios.

—Las mujeres llevan décadas allanando el camino para el cambio de esta nación. Buenas mujeres del Sur, que intentan cambiar la opinión de sus esposos, mujeres del Norte que se unen al movimiento antiesclavista descubriendo por fin su fuerza. No querría por nada del mundo ser un hombre, Calvin. Las mujeres somos, en muchos sentidos, tan esclavas como los pobres africanos que trabajan de sol a sol en las plantaciones de algodón o como los obreros de las fábricas en el Reino Unido, pero nadie nos liberará hasta que lo hagamos nosotras mismas.

~☙ Capítulo II ☙~

La familia Shelby

Brunswick, Maine, 5 de julio de 1851

Harriet recogió el correo de su buzón con prisa, después corrió hasta el banco posterior de la casa que daba al jardín y leyó primero la nota de Gamaliel Bailey, antes de fijar sus ojos en *The National Era*.

Estimada Señora Harriet Beecher Stowe:

Me complace mucho enviarle un ejemplar del periódico. En él podrá comprobar que su relato sale en primera página en la sección izquierda del presente ejemplar. En la redacción estamos emocionados al pensar en el impacto que tendrá dicha publicación. Ha pasado casi un año desde que me envió la idea principal y el comienzo de esta obra. Pido a Dios que su relato contribuya a estimular la conciencia de millones de compatriotas y a terminar con esta lacra de la esclavitud.

Sinceramente,

Gamaliel Bailey.

Harriet comenzó a sonreír mientras su bebé de poco menos de un año gateaba hasta ella. Varios de sus hijos jugaban en la hierba y su esposo no tardaría en regresar del seminario. Le hubiera gustado leerlo a solas, con tranquilidad, pero hacía mucho tiempo que se había resignado a escribir y vivir siempre con varios hijos abrazados a sus piernas y tirando por todas partes las hojas de sus escritos, aún húmedos por la tinta.

Entonces recordó las primeras páginas del diario de Tom y comenzó a compararlo con su escrito. Sin duda, había incluido algunas gotas de dramatismo y colocado la trama de una forma más comprensible para el lector, pero en esencia la vida de Tom seguía produciendo el mismo impacto que le había causado a ella un año antes.

Nací el 15 de junio de 1789 en el condado de Charles, en Maryland, a muy pocas millas de la capital federal. Apenas tengo recuerdos de mis primeros años; seguramente la neblina de la infancia nos proteja de los más terribles fantasmas de nuestra existencia. Tal vez el buen Dios, en boca de su amado Hijo Jesucristo, nos dijo que debíamos ser como niños porque en la edad de la inocencia somos incapaces de ver cualquier tipo de maldad o de hacer daño a nuestros semejantes.

A los esclavos nos toca madurar con más presteza que a los niños de los amos. El primer recuerdo al que mi mente anciana logra remontarse es sin duda el más duro y difícil de mi infancia. Un episodio tan triste y oscuro que hubiera preferido que se quedase en esa neblina incipiente de la inocencia.

Debía de tener cinco o seis años cuando correteaba por las cabañas de los esclavos; era primavera y, por alguna extraña razón, por primera vez mis ojos se abrieron a la hermosura de aquella época del año que tanto he amado. Corría descalzo con dos o tres picaruelos de mi edad —no conocí zapato hasta los ocho o nueve años—, cuando escuché unos gritos ahogados en la pequeña cabaña de mi familia. Mi padre era uno de los hombres más respetados de la plantación. Se decía que su familia había sido noble en África, aunque aquellos rumores eran muy comunes entre los esclavos. A todos nos gustaba imaginar que descendíamos de bravos guerreros, príncipes o reyes africanos. En ese momento me paré en seco y me dirigí a la choza. La puerta tosca de madera estaba abierta en parte y por la rendija pude ver a mi madre, que gritaba mientras intentaba quitarse de encima a uno de los capataces blancos.

El hombre la insultaba y golpeaba. En aquel momento, mi inocencia me impedía saber lo que estaba sucediendo, pero no dudaba que

MARIO ESCOBAR

aquel hombre estaba dañando a mi madre. Me lancé sobre él, pero él no pareció inmutarse. Sus espaldas anchas y sudorosas apenas notaron mi peso como el de una pluma. Se sacudió como un perro lo hace con sus pulgas y volé hasta estrellarme contra la pared de madera. Me quedé aturdido durante unos momentos, pero no tardé en reaccionar, tomar el palo de la escoba y comenzar a golpearlo con todas mis fuerzas.

El capataz continuó encima de mi madre, impasible ante mis golpes, pero el resto de mis amigos había ido a avisar a los adultos y enseguida vi a mi padre. Era un hombre alto y fuerte. Sus ojos negros parecían centellear. Entró con los puños apretados, la camisa estaba abierta y su pecho fuerte de color ébano se agitaba en medio de gotitas de sudor.

—¡Deja a mi mujer! —gritó tan fuerte que por primera vez el capataz se detuvo y se giró hacia él.

—Los negros no tienen mujeres, ustedes son esclavos, menos que bestias —después se volvió hacia mi madre e intentó besarla de nuevo. Ella le mordió el labio inferior y el hombre dio un bramido, la golpeó en la cara y le partió el pómulo.

Mi padre se lanzó sobre él. Lo arrancó de la cama y lo lanzó al suelo. El capataz se subió los pantalones con dificultad, intentando tapar sus piernas pálidas y flácidas, sin dejar de maldecir.

—Me las vas a pagar —dijo mientras recogía del suelo el látigo, pero mi padre fue mucho más rápido, lo atrapó con la mano y tiró con fuerza. El capataz perdió el equilibrio y se cayó redondo al suelo.

—Puede que yo sea un esclavo, pero tú eres basura blanca.

El hombre intentó ponerse en pie, pero mi padre lo pateó en el suelo hasta dejarlo inconsciente. Dos hombres lo sacaron de la cabaña y lo lanzaron afuera.

—¡Dios mío! —exclamó mi madre mientras se tapaba con la ropa—. ¿Qué has hecho? El amo te matará a palos. Será mejor que intentes escapar al Norte.

Maryland estaba muy próximo a Pensilvania, donde no se permitía la esclavitud. Mi padre no habría tardado más de tres días en llegar al estado vecino.

—¿Te has vuelto loca, mujer? ¿Dejar a mi familia y escapar al Norte? Antes dejo que me ahorquen.

Los amos no tardaron mucho en enterarse de lo sucedido. Mandaron a dos de los capataces y a tres ayudantes negros. Venían con sus escopetas. Sabían que mi padre era el hombre más respetado de la plantación y que el resto de los esclavos podía rebelarse. Sacaron por la fuerza a mi padre de la cabaña y se lo llevaron al «palo». Era un tronco de árbol pelado situado justo enfrente de la entrada de la casa principal, al lado de unos inmensos robles blancos.

Llevaron a rastras a mi padre, que, para mi sorpresa, apenas se resistió; después lo ataron al tronco y le rasgaron la camisa. Su espalda sudorosa parecía arada por viejas cicatrices que mostraban su valentía.

El amo salió de la casa y se colocó con los brazos cruzados delante de mi padre, aunque este no podía verlo, ya que estaba atado de cara al tronco.

—Pensaba que los perros viejos eran más listos que los cachorros, pero estaba equivocado. Te he dado un cargo en la plantación y te he convertido en uno de los esclavos más respetados, pero siempre tienes que causar problemas. Pensé que al tener hijos serías más juicioso, pero, al fin y al cabo, un negro es siempre un negro.

—¿Cuántos latigazos le daremos? —preguntó impaciente el padre del capataz herido que, con la cara amoratada y un brazo roto, los miraba desde cierta distancia.

—Creo que es hora de que aprenda una lección, le darás cien latigazos.

El capataz lo miró sorprendido. La mayoría de los hombres no podía soportar más de cincuenta, y los más fuertes, setenta. Darle cien latigazos era casi una condena a muerte.

Me coloqué cerca. Desde esa posición me era imposible observar la cara de mi padre, pero, en cuanto el capataz comenzó a azotarlo, vi claramente cómo la piel se abría y la sangre manaba en abundancia de cada latigazo, como si la fuerza de la cuerda pudiera imprimirse sobre la piel. Ni un gemido, ni un grito ni un suspiro salió de los labios de mi padre. Mientras, los demás no podíamos dejar de acompañar cada golpe con un respingo y un breve bramido de dolor ajeno.

—¡Más fuerte! —gritó el amo. En su rostro se descubría el ansia que produce el saber que en tus manos está la vida de otro hombre, el placer infatigable de la desdicha ajena, que consuela y alivia la propia. La misma mirada podía contemplarse en el resto del grupo, pero por diferente razón. Todos nosotros nos sentíamos aliviados de no encontrarnos en su lugar. Era mejor que él se sacrificase por los demás y que, sobre sus espaldas fuertes y cubiertas de cicatrices, el amo tallara de nuevo su mensaje de odio.

Otro de los capataces gritaba en alto el número de latigazos, rompiendo un segundo antes el silencio expectante de todos nosotros. Al llegar al número cien, mi padre se sostenía por las sogas atadas a sus muñecas y alrededor de la cintura. Su mente se había apagado para no tener que soportar tanto dolor.

—¡Échale un cubo encima! —ordenó el amo. No permitiría que mi padre escapara de su crueldad, necesitaba saborear cada pequeño sorbo de su vileza hasta quedar saciado por completo.

Me giré y vi a mi madre sollozando. No era como los gritos primeros pidiendo piedad, ahora se limitaba a ahogar sus lágrimas con el delantal y a dejar que por sus ojos fluyera una inmensa pena. Me abracé a ella como si estuviera rescatándola de nuevo, pero mis manos eran impotentes para salvarla del peor peligro que acecha el alma: el sufrimiento por la persona que más amas en este mundo.

Al terminar la fiesta, los capataces escupieron al cuerpo inerte de mi padre. Ahora que lo veían doblegado y sin fuerzas, se envalentonaban. El león herido ya no podía hacerles daño. Después, el mismo que lo había golpeado hasta casi la muerte le cortó con un cuchillo un trozo de oreja, como si quisiera llevarse un trofeo o marcar para siempre aquel día en la memoria de todos.

Mi madre y algunos hombres se acercaron a mi padre en cuanto el amo se alejó. Lo desataron con cuidado y lo colocaron bocabajo. La sangre le corría por todas partes, como a un Cristo recién bajado de la cruz. Al ver su rostro desfigurado por el dolor, reconocí de nuevo al hombre que más admiraba en el mundo y juré que un día lo vengaría.

Durante días se debatió entre la vida y la muerte. Mi madre no se apartó de su lado ni un minuto; yo, al segundo día, regresé al mundo infantil que en cierto sentido me alejaba de aquel creado por los hombres.

Una semana más tarde, la carreta del tratante de esclavos paró en frente de nuestra cabaña. Mi padre aún no podía moverse con facilidad, pero dos negros que ayudaban al tratante lo cargaron como un saco de maíz entre los rostros asustados de otros ocho desgraciados destinados al Sur.

Mi madre se aferró a él hasta que los golpes de los dos ayudantes la lanzaron al suelo. Yo me interpuse para que no la golpeasen más y sentí los puños y las bofetadas sobre mis brazos y mi cabeza. Me consoló que al menos se quedara ella. Nunca más volví a verlo ni escuché nada sobre él, pero los negros estamos acostumbrados a sufrir, durante generaciones nos han arrancado el alma para intentar convertirnos en animales, aunque en el intento son ellos los que se han transformado en bestias abominables.

Nada volvió a ser lo mismo en la plantación. Los capataces ya no tenían medida. Pegaban, violaban y torturaban a todos. Animados por el amo y la marcha de mi padre, aquellos hombres convirtieron a los esclavos en un rebaño al que devorar como una manada de lobos hambrientos.

Crecí sin saber leer y escribir, guardando aquella lección en mi interior. Si debía convertirme en un monstruo para sobrevivir, lo haría. Vendieron a mi madre unos años después; desde la partida de mi padre no había vuelto a ser la misma. Me quedé solo con quince años, desconfiando de todos, odiando a aquellos blancos que habían destruido lo que más amaba en el mundo.

A la edad de veinte años, el amo me nombró supervisor y me dio la misión de llevar a dos docenas de esclavos a la plantación de su hermano, en una granja en Kentucky. Era la primera vez que salía de la comarca, me fascinó comprobar que el mundo era mucho más grande de lo que imaginaba. La triste realidad de los negros en todas partes me desanimó un poco, pero vi a algunos que habían logrado recuperar su libertad e intenté librarme de aquellas cadenas con todas mis fuerzas.

El hermano de mi amo era menos cruel. Algunos blancos preferían verse como benefactores y nos trataban con cierto paternalismo. Me prometió que, si conseguía 450 dólares, podría conseguir mi libertad. Aquello no era sino otra forma de crueldad, pues, al llegar a la cantidad acordada, me dijo que no era suficiente. Me negué a comer y mi amo decidió venderme a una familia que tenía una plantación muy cerca de la suya. Lo cierto es que no me importó al principio, casi me sentí aliviado por no volver a verlo.

La familia Shelby cambió mi vida, pero esa es otra historia y la contaré en el siguiente capítulo. Lo que sí puedo adelantar a todos los que lean este diario es que jamás había conocido la palabra misericordia hasta llegar a las tierras de los Shelby.

Capítulo III

El problema de Eliza

Brunswick, Maine, 24 de agosto de 1851

La fama es una extraña dama, se muestra bella y engalanada, pero en realidad sus vestidos esconden una de las verdades más oscuras del ser humano: la envidia. Harriet siempre había preferido ser la última de los primeros que la primera de los últimos. No le asustaba salir a la palestra pública y denunciar al mundo sus contradicciones, lo que jamás imaginó fue que un relato pudiera levantar tantos odios y sinsabores. Desde el día en que se editó su libro por entregas recibió el elogio y la aprobación de buena parte de la congregación de su iglesia, pues la mayoría de sus miembros era abolicionista, pero unos días más tarde llegaron a su casa las primeras cartas amenazantes, repletas de reproches e insultos.

La mujer las leía con cierto reparo, temerosa de encontrar en ellas algo de verdad, una especie de freno que apagase ese fuego que la consumía. Despreciaba la esclavitud, pero aún más la complacencia de Washington al permitir la Ley de Esclavos Fugitivos. Irónicamente, la redactó el senador James Murray Mason, nieto de uno de los mayores defensores de los derechos del hombre durante la Revolución. *La cabaña del tío Tom* era un grito de desesperación ante tanta injusticia.

Harriet estuvo algunas semanas sin salir a la calle. El calor era sofocante, pero aquel domingo no podía faltar a la iglesia, así que preparó a la tropilla y caminaron despacio hasta el templo. Notaba cómo le corría el sudor por el corsé. No entendía por qué las mujeres debían utilizar todas esas prendas inútiles por ir a la moda, pero aquella le parecía una batalla perdida. Justo antes de llegar a la esquina del templo, mientras la torre de un blanco intenso les indicaba el camino, un hombre se interpuso en su trayecto y comenzó a gritarle.

—¡Maldita mulata! ¡Dios te castigará por traicionar a tu raza y a tu fe! ¡Estas fomentando la rebelión de esos negros y pidiendo una guerra civil entre hermanos!

Calvin nunca había sido un hombre violento, pero se colocó delante de su esposa y alzó un puño. Harriet lo detuvo.

—Déjalo, querido. Caballero, es el día del Señor y nos dirigimos a su casa, si no respeta a estos niños pequeños, a los que está asustando, al menos respete al Dios Todopoderoso. Nadie lo obliga a leer mis escritos, pero sí a respetar a las familias y el día de Resurrección.

El hombre escupió en el suelo y gritó mientras se alejaba:

—¡La maldigo, en nombre de Dios, maldigo su vida y sus malévolas intenciones!

Harriet se quedó tan impactada por aquel desafortunado incidente que se detuvo un rato antes de entrar en la capilla.

—¿Te encuentras bien, amor? —le preguntó Calvin, nervioso. El relato del tío Tom había insuflado de nuevo en su esposa una ilusión y una energía que él creía desaparecidas para siempre entre los lejanos brotes de la juventud.

—Sí, lo siento por los niños. Mi editor me ha escrito el otro día pidiendo que alargue la serie, pero estoy llena de dudas. No quiero levantar más odios entre el Norte y el Sur. Lo único que anhelo es la libertad de los esclavos. ¿Es que nadie ve ese sufrimiento? —dijo mientras sus ojos se humedecían y notaba una fuerte opresión en el pecho.

—Querida, si uno no combate con todas sus fuerzas contra el mal, cuando puede derrotarlo sin derramamiento de sangre, perderá para siempre la oportunidad de hacer lo justo sin provocar un mal aún peor. Lo más triste que le puede suceder a nuestra amada nación es que se divida en una lucha fratricida cuando ya no haya esperanza de victoria. Debería ser preferible morir que vivir como un esclavo.

Las palabras de su esposo, más que animarla, la preocuparon sobremanera.

—No te turbes, no es momento para la comodidad y la mesura, es el momento de la osadía.

El culto se le hizo eterno, estaba deseando regresar a casa para contestar a su editor, pero mucho más para sentarse en su escritorio y redactar un poco más de aquella historia que había atrapado su corazón para siempre. Entonces, el predicador utilizó la palabra «misericordia» y su cabeza regresó de nuevo a la reunión.

—La misericordia no es un sentimiento, es la acción a la que nos mueve la compasión, el sufrimiento ajeno. Nadie nace odiando o despreciando a otro por el color de su piel, su religión o su nación. Aprendemos a odiar, sobre todo porque odiamos lo que tememos. Si es posible aprender a odiar, también lo es aprender a amar.

Harriet salió reconfortada de la iglesia. Esa era su misión, enseñar a otros a amar. Después de la comida, se dirigió a su escritorio y abrió de nuevo el diario de Tom para encontrar en él el material indestructible del amor y la compasión.

Las leyes de los hombres no son las leyes de Dios. Mientras se considere a un hombre como un objeto por el color de su piel, sin importar si en su corazón laten sentimientos tan vivos y sinceros como los de sus amos, el mundo seguirá siendo un infierno.

La casa de los Shelby podría parecerle a un observador externo un lugar idílico donde los esclavos son tratados con equidad y los amos siempre actúan justamente, pero mientras alguien pueda ser vendido o comprado sin miramientos, la institución de la esclavitud continuará siendo uno de los más terribles y vergonzosos lastres de la humanidad.

Los primeros años en casa de los Shelby fueron los más felices de mi vida. Allí conseguí un lugar en el mundo en el que se me respetaba y hacía respetar. La mayoría de mis compañeros comprendieron muy pronto que por mis venas corría sangre de grandes jefes africanos y aceptaron mi mando con la naturalidad con que un niño obedece a su padre. Los esclavos temían mi fuerza, pero el señor Shelby apreciaba mi inteligencia y honradez, detrás de las cuales se escondía el mayor de los desprecios a su familia y mi deseo de verme por fin libre. La vida, en cambio, más sabia que la sangre caliente de la juventud, me hizo enamorarme de una mujer virtuosa. La buena de Chloe era, desde que llegué a la casa de los Shelby, una persona honrada, feliz y dispuesta a ayudar a todo el mundo. Enseguida me enamoré de ella, pero Chloe me rechazaba una y otra vez.

Una tarde calurosa de julio, mientras regresaba a las cabañas, me la encontré lavando ropa en el río. Me paré a su lado y comencé a observarla.

—¿Por qué no dejas que hagan ese trabajo las mujeres más jóvenes?

Chloe tenía mi edad, algo más de treinta años, pero parecía tan fuerte y lozana como la más joven de las esclavas.

—Esta ropa es especial, de la señora Shelby, y no quiero que esas chicas la arañen o rompan.

Lancé una carcajada y ella me miró con el ceño fruncido.

—¿Por qué te ríes? Eres un malcriado, tu madre no te enseñó modales.

—¿Modales de blanco? Yo cumplo con mi deber e intento buscar el día de mi liberación, pero no le debo nada a ningún blanco.

—Yo tampoco, pero intento trabajar y hacer las cosas como para mi Señor.

—¿Qué Señor? —le pregunté intrigado. Estaba harto de amos y señores, no sabía a quién se refería.

—Mi verdadero Señor está en los cielos y a él sirvo.

—El dios de los blancos, un dios que nos esclaviza y los favorece a ellos. Nunca doblaré mis rodillas ante él. ¿Por qué no vienes a mi cabaña esta noche?

Chloe me lanzó una mirada furiosa. Sabía que le gustaba, pero aquel hombre que era yo entonces, pendenciero y lleno de ira, la asustaba.

Pasó más de un año en aquel tira y afloja, la mujer siempre me evitaba, pero los domingos solía ver cómo ella y algunos de los esclavos iban a la iglesia, mejor dicho, al solar cercano a la iglesia de los blancos. Allí, un hombre llamado John les hablaba de la Biblia, aunque aquel anciano apenas sabía leer ni escribir. Al no poder alcanzarla como al resto de las mujeres por mi valentía y posición, decidí conquistarla de otro modo. Un domingo me puse mi mejor ropa, que consistía en una camisa de lino vieja que el amo me había dado, un pantalón marrón, unos zapatos desgastados, la chaqueta a juego, con los puños desgastados, y mi sombrero. Chloe no dijo nada mientras caminaba a su lado; se limitó a sonreír, no sé si por mi aspecto, pues conocía mi estrategia a la perfección. Lo que yo no sabía en ese momento es que «la fe viene por el oír y el oír por la palabra de Dios». Me puse en los bancos de la última fila, que no eran nada más que unos maderos sin barnizar, el sol nos castigaba con dureza y los árboles apenas aliviaban el calor. Una mujer dirigió dos o tres himnos y, no sé por qué, aunque los había escuchado decenas de veces, aquel domingo reparé en la letra. Justo al llegar a la parte de:

> Mi pobre corazón inquieto está.
> Hasta que en Ti, Señor, encuentre la paz.
> Abráseme tu amor, oh luz de eternidad.
> Cerca de Ti, Señor, quiero morar.[1]

Noté cómo las lágrimas recorrían mis mejillas llenas de cicatrices, sentí un fuerte dolor en el pecho, algo que no había experimentado nunca. Después, el predicador, con su traje sucio y polvoriento, se subió a una caja ridícula. En otro momento me habría reído de él, pero me quedé callado, con los codos apoyados en las rodillas y escuchando con atención.

El hombre abrió torpemente su Biblia vieja y desgastada y, con su voz ronca y su escasa pericia para la lectura, comenzó a leer:

> Entonces el rey David entró y se presentó delante del Señor, y dijo: «¿Quién soy yo, oh Señor Dios, y qué es mi casa para que me hayas traído hasta aquí?
> »Y aun esto fue poco ante Tus ojos, oh Dios, pues también has hablado de la casa de Tu siervo concerniente a un futuro lejano, y me has considerado conforme a la medida de un hombre excelso, oh Señor Dios».[2]

—El rey David se presentó ante Dios después de conocer la promesa dada por el profeta Natán. Era un pastor, el menor de la casa, el que cuidaba los rebaños mientras sus hermanos iban a la guerra; pequeño, débil e insignificante, pero llamado por Dios para gobernar a su pueblo. Lo que no entendía el futuro rey de Israel era que el Señor nos escoge por su misericordia, no porque nosotros lo merezcamos.

---

1. "Más cerca de ti", de Sarah Fuller.
2. 1 Crónicas 17.16-17 (NBLH).

Aquellas palabras me sacudían más que los latigazos que mi padre había recibido cuando yo era niño.

—Cristo murió por nosotros para que nosotros no tuviéramos que morir. No soy lo que debo ser, por mis imperfecciones y debilidades. No soy lo que podría ser, no soy lo que espero ser, ni lo que una vez fui. Por gracia de Dios soy lo que soy y él me ama así.

Unos minutos más tarde, cuando aquel pastor ignorante y pueblerino, de manos sucias y cara bondadosa, pidió que pasáramos al frente, corrí y me clavé de rodillas bañado en lágrimas. Aquel día fui libre de una manera que nadie podía entender. No me pesaban las cadenas, los desprecios a los de mi raza o el ser una mera mercancía para muchos hombres.

Chloe y yo nos casamos al poco tiempo y me convertí en el pastor de la pequeña congregación de esclavos de la plantación.

Unos años después, cuando mis hijos crecieron y las canas comenzaron a cubrir mi pelo rizado y fino, todos comenzaron a llamarme tío Tom. Nuestra cabaña se convirtió en el cobijo de los desvalidos y la morada de los sufrientes. De esta forma, Tom, el hombre airado y vengativo, el altivo y lleno de odio, se convirtió en el nuevo Tom. Un año más tarde, nos trajeron a una niña huérfana llamada Eliza, una criatura preciosa de ojos oscuros y piel canela. Lo que no podíamos imaginar es que esa pequeña y yo protagonizaríamos una tragedia que nos llevaría al límite de nuestras fuerzas y a pasar por el valle más sombrío de nuestra existencia.

~⁊᎐ Capítulo IV ᎐⁊~

Decisiones desesperadas

Brunswick, Maine, 12 de septiembre de 1851

Las dudas de Harriet la abrumaban. A medida que la historia de Tom se desarrollaba en la prensa, su fama crecía y el partido antiesclavista se armaba de valor para denunciar con más ahínco las injusticias y maldades de los tratantes de esclavos, pero también de la gente de bien que no hacía nada para evitarlo. Conforme la escritora criticaba a las prósperas industrias textiles que se enriquecían con el algodón recolectado en el Sur aprovechándose del sufrimiento y la opresión de los africanos, también los enemigos se multiplicaban, incluso en las filas de sus antiguos amigos. Por eso, cuando unas semanas antes recibió la noticia de que su hermana había decidido visitarla, Harriet sospechaba que su marido estaba detrás de esa repentina visita. No la había visto desde el nacimiento de su último hijo. Catharine odiaba viajar, vivía desde hacía años en el Este, pero aun así el viaje le supondría varios días de fatigosa diligencia y pasar un par de noches en pequeños hoteles por el camino.

Cuando Harriet escuchó la campanilla de la puerta, se arregló el vestido y el peinado mientras caminaba hacia la entrada.

—Gracias a Dios —dijo su hermana, que, ataviada con un traje oscuro algo polvoriento, estaba exactamente igual que la última vez que se habían visto.

—Hermana, qué placer tenerte en casa.

—Ya no eres esa joven esposa que ayudaba en la escuela, estás hecha una señora —dijo mientras entraba al salón y miraba todo con sumo cuidado. Siempre parecía obsesionada por el orden. Era austera, inteligentísima, pero con muy mal humor. Para Harriet era como una madre, ya que, después de que la criaran unas tías, cuando fue un poco mayor, la compañía de su hermana le proporcionó el cariño que siempre había echado en falta de su madre, de la que apenas recordaba nada.

Harriet tomó su ligero equipaje y lo subió a la habitación que había preparado. Cuando bajó, su hermana se encontraba abriendo los armarios de la cocina.

—Veo que has mejorado mucho.

Harriet frunció el ceño, no había estado anhelando ese día para que su hermana se comportara de aquella manera.

—¿Hay té en esta casa? —le preguntó, en un intento por relajar el ambiente, y se sentó en la mesa de la cocina. Mientras Harriet preparaba el agua, su hermana comenzó a hablar.

—¿En qué andas ocupada ahora? —le preguntó mientras ponía el té en la tetera.

—La Sociedad de Damas para Promover la Educación en el Oeste me quita mucho tiempo, pero ahora estoy detrás de un proyecto más ambicioso: quiero fundar una asociación de mujeres a nivel nacional. Si esperamos que los hombres se preocupen de estas cosas, me temo que nunca sucederá. También estoy escribiendo otro libro.

—Eres afortunada, no tienes hijos que te interrumpan constantemente.

—¿Lo dices en serio? No hay misión más sagrada que la maternidad.

—No dudo de su necesidad, pero para una escritora es muy difícil. Ya le he advertido a Calvin que no pienso tener más hijos. Dios mío, creo que ya he cumplido con creces con mi deber de mujer.

Catharine dio un sorbo suave a la taza de té y se recostó en el asiento.

—Tus artículos han montado un revuelo increíble, no se habla de otra cosa por todas partes.

Harriet no supo si sonreír o limitarse a esperar la reacción de su hermana.

—Creo que has hecho bien. Debemos despertar las conciencias y un relato es un medio tan bueno como cualquier otro para hacerlo. ¿Acaso nuestro buen señor Jesucristo no contaba parábolas para explicar verdades profundas?

Los argumentos de su hermana apaciguaron en parte su alma, aunque seguía preguntándose si era bueno que se levantara todo aquel revuelo. El odio parecía extenderse de norte a sur y muchos sacaban beneficio de él.

—Lo que no deseaba era levantar más polémica.

—Es inevitable, querida Harriet, la opinión pública está cansada de tanto cinismo. Cada día está más cerca la emancipación de todos los esclavos. ¿Quién iba a pensar que Gran Bretaña frenaría el comercio de esclavos y prohibiría la esclavitud? Cada día que pasa son muchas más las voces que piden su final en Estados Unidos. Tus relatos únicamente están precipitando las cosas.

—Es cierto, pero son historias tan desgarradoras que incluso me están afectando a mí, como la de la buena Eliza.

—¿Eliza? ¿La mujer que no quería perder a su hijo?

—La misma, pero en el fondo la de muchas mujeres negras. Hace unos años yo misma me crucé en Montgomery con una mujer a la que habían liberado sus amos, pero un tratante se negaba devolverle a su hijo, a pesar de que por ley estaba obligado. ¿Cuántas Eliza habrá en nuestro amado país?

Harriet dejó con la palabra en la boca a su hermana y subió por el diario de Tom. Parecía más ajado y usado que el día en que se lo trajo Sambo, al que no había vuelto a ver. Catharine lo miró con cierta expectación. Al final, su hermana se lo entregó y le dijo:

—Comienza a leer por aquí.

Catharine sacó las gafas de su pequeño bolso y comenzó a leer la clara letra de la niña que había ayudado a Tom en la redacción del diario.

━━◁◈▷━━

Eliza no había conocido más hogar que la plantación de los Shelby. La señora Shelby la había criado desde niña con el mayor amor y cariño. Su esposo la trajo una fría noche de invierno. Al parecer, su madre, una joven esclava de una plantación de Tennessee, la había abandonado cerca de un camino cuando el señor Shelby la encontró.

Al principio, Arthur Shelby no entendía cómo una madre había podido hacer eso con su propio hijo, pero, al ver el tono claro de su piel y algunos rasgos anglosajones, se dio cuenta de que aquella criatura era el resultado del abuso de algún capataz o dueño de plantación. Una cosa que muchos blancos no entienden, o que al menos les cuesta entender, es que para los negros tener hijas bellas significa una verdadera condena. Los amos y sus capataces no respetan relación filial, matrimonio ni virtud de cualquier mujer esclava a la que la naturaleza haya dotado de verdadera hermosura. Por ello Eliza comenzó su vida en la cuneta de un camino nevado, pero la buena Providencia le concedió una familia amable y cariñosa.

La señora Shelby le enseñó a leer y escribir, la convirtió en su doncella personal y la hacía vestir, cuando no había invitados en la casa, con los más hermosos vestidos. Al llegar a la edad adulta, Eliza se enamoró de un mulato llamado George Harris, que, como ella, era mestizo. Era un joven de una gran inteligencia, pero al que su amo despreciaba precisamente por recordarle que las diferencias que los racistas se empeñaban en señalar no eran tales. Los hombres de todas las etnias, sin importar el color de la piel, eran tan inteligentes, nobles y valiosos como los blancos.

Los señores Shelby celebraron la boda de George y Eliza por todo lo alto, aunque muchos de los vecinos de la familia no aprobaban las bodas entre esclavos y mucho menos las consideraban una unión cristiana.

La vida de Eliza y la mía cambiaron para siempre aquel triste día de febrero. El invierno era un periodo de relativo descanso. Aunque había que preparar las tierras para las cosechas del verano, en los meses más fríos el amo no nos hacía trabajar tantas horas. La casa principal parecía más triste y apagada que cuando el calor de la primavera comenzaba a llenar de flores todos los rincones y los Shelby celebraban numerosas fiestas.

Aquel día, como digo, algo terrible estaba a punto de suceder. Me encontré poco antes de la comida con la buena de Eliza, que me comentó preocupada:

—Tío Tom, algo malo se cierne sobre nosotros.

—No digas eso, Eliza, no podemos tener un amo mejor que el señor Shelby, y la señora es un verdadero ángel del cielo.

—Hay un hombre con el señor. Su aspecto es terrible, pero lo que más me ha asustado es que el señor Shelby ha mencionado que era un tratante de esclavos.

Me quedé tan sorprendido que pensé que Eliza había escuchado mal.

—Mi niña, regresa con cualquier excusa y entérate de por qué ese hombre está en la casa. Yo me acercaré por la parte trasera para intentar escuchar algo de la conversación.

Aunque no tenía la costumbre de espiar a mis amos, las palabras de la chica me dejaron muy preocupado. El señor Shelby, al menos desde que yo trabajaba en la casa, en más de veinte años, nunca había comprado ni vendido esclavos. Su mujer y él se oponían a ese terrible negocio. Disimulé que estaba cortando unos setos del jardín y afiné el oído.

—Señor Shelby, no quiero importunarlo, he sido cortés y he aguardado con paciencia su propuesta, pero se aproxima la hora de la comida y partiré mañana mismo. ¿Cómo va a pagar sus deudas?

Las formas chabacanas del tratante contrastaban con las delicadas maneras del dueño de la casa. El hombre vestía un traje caro y extravagante; de vez en cuando miraba un reloj de oro y la cadena del mismo material brillaba a la luz de la chimenea y las lámparas de petróleo.

—No me queda más dinero, señor Haley.

El hombre se frotó las manos como si tuviera frío, aquel era el momento que llevaba esperando durante horas.

—No tiene dinero en efectivo, pero para recuperar sus pagarés y saldar sus deudas tendrá que poner en venta alguna propiedad. Su casa es muy hermosa, posee unas tierras fértiles y...

—Mi esposa no entendería que nos deshiciésemos de nada, señor Haley. Dentro de unos meses, mi hijo George tendrá que ir a estudiar a la universidad. ¿No podría esperar unos meses más? Tal vez esta cosecha sea mejor y pueda pagarle todo lo que le debo.

—No soy una sociedad benéfica, soy un hombre de negocios. He visto sus esclavos, parecen sanos y fuertes, podría sacar una suma muy alta por alguno de ellos y usted pagaría sus deudas.

El señor Shelby se sirvió una copa de vino, tenía que intentar calmar los nervios. Muchas veces, por lo que me había contado su hijo George, había perdido fortunas por su deseo de acrecentar los recursos de la plantación. Era un buen hombre, pero un pésimo negociante.

—¿Cuánto me pagaría por Tom? Es el mejor de mis hombres. Es algo mayor, pero sabe gobernar una plantación él solo. Además, desde que se convirtió es el hombre más honrado que tengo.

—¿Un negro honrado? Eso sí que es una novedad. Aunque no dudo que la religión puede convertir a un asesino en un santo, los africanos no cambian nunca. Pero me interesa un buen administrador, un amigo en el Sur me ha pedido un esclavo de esas características. Me llevaré seis hombres más y...

Un niño entró en la sala. Era Harry, el hijo de Eliza, que siempre andaba merodeando por la casa. Comenzó a saltar y hacer las cosas típicas de su corta edad, cuando el tratante se giró hacia el señor Shelby.

—Inclúyame este en el lote. Cada vez es más difícil encontrar niños, ya no se permite en muchos lugares separarlos de sus madres. Una costumbre terrible, ¿no le parece? Al final, van a tener más derechos que sus amos —comentó el hombre con una sonrisa irónica.

Eliza entró en la sala y tomó al niño en brazos.

—No molestes a los señores —dijo la madre.

Miré su rostro desde el cristal, parecía desencajada. Sin duda, lo había observado todo. En cuanto la mujer dejó el salón, el señor Shelby se puso en pie. Parecía muy incómodo, pero tomó una hoja, estuvo un par de minutos escribiendo y se la entregó al hombre.

—Ha hecho lo correcto. No debemos encariñarnos con los esclavos, al menos no tanto como por un caballo. Aunque tengo que comentarle que sería bueno que me llevara también a la madre, pues las esclavas se ponen muy histéricas cuando les quitan a sus hijos. Algunas se resignan, pero la mayoría tienden a deprimirse y muchas llegan hasta el suicidio.

—Mi mujer no lo permitirá, ha criado a Eliza desde niña.

—Bueno, yo he intentado demostrar que en mi corazón anida un amor indebido por esos esclavos. Mi socio Tom Loker no es tan benevolente, pero ¿qué cuesta ser algo humano con los negros? Al fin y al cabo, la mercancía hay que cuidarla, es muy valiosa y frágil.

Aquellos comentarios me revolvieron el estómago, me alejé de allí con el corazón acelerado y profundamente decepcionado, no tanto porque me vendieran, pues sabía aceptar la voluntad de Dios aunque tuviera que vivir el infierno en la tierra, pero sí por mi amo, que se había mostrado siempre tan benévolo y protector y ahora no dudaba en vendernos a uno de los tipos más detestables con los que me había cruzado en mi larga vida.

Al dar la vuelta a la casa, vi a Eliza hecha un mar de lágrimas y hablando con la señora Shelby. Por su semblante, esta parecía tan sorprendida como yo lo había estado al ver el negocio que su marido acababa de realizar.

—No te preocupes —le decía a Eliza—, hablaré con Arthur esta noche.

—No hay nada que hacer, señora, ya lo ha vendido —contestó con lágrimas en los ojos y después miró hacia el niño, que correteaba en el jardín medio helado.

—No lo hará, tú eres de mi propiedad, no tiene derecho.

Me alejé de las dos y me fui a mi cabaña, observé a mis hijos y mi esposa. Me sentía tan furioso y decepcionado que le comenté a Chloe que estaría un rato orando en el cuarto. Me puse de rodillas y, por primera vez en mi vida, discutí con Dios.

Fui un hombre pendenciero y orgulloso, muchas veces terminé peleándome con los que intentaban someterme o humillarme, pero cuando me entregué a ti cambié por completo. Me diste una familia y un hogar, pero ahora me arrojas a los perros rabiosos. Me quitas todo lo que amo, me envías a una tierra infernal y cruel. ¿Por qué, Dios? ¿Qué he hecho?

Mientras las lágrimas comenzaban a ahogarme, pensé en la pobre Eliza, que perdería a su hijo, y comprendí que siempre hay alguien a nuestro alrededor sufriendo más que nosotros.

Capítulo V

La caza

Brunswick, Maine, 1 de noviembre de 1851

Las siguientes entregas del relato del tío Tom fueron aún más polémicas. El periódico había aumentado su tirada y recibía nuevas suscripciones desde todas partes del país. Las cartas de admiradores y detractores se amontonaban sin abrir a un lado de su escritorio, imaginando que lo que había en ellas eran las chispas de un incendio que comenzaba a extenderse por todas partes.

Harriet recordó la primera vez que había leído en alto a su familia lo que había escrito. Los reunió a todos alrededor de la chimenea. Afuera, el frío parecía terminar con la vida que los rodeaba; dentro, todos la observaban con expectación. No solía leerles sus escritos hasta verlos publicados en algún periódico. En cuanto comenzó, los rostros atentos de sus hijos y su marido comenzaron a transformarse. Después de algo más de veinte minutos, cuando Harriet apartó la mirada de la hoja y observó a su alrededor, los niños mayores tenían los ojos llenos de lágrimas. Al ver la tierna reacción de los pequeños, extendió las manos y la familia entera se acercó a abrazarla.

—Tienes que publicarlo, mamá —dijo uno de sus hijos—. No puedes permitir que todo eso siga sucediendo.

Aquellas palabras la habían alentado durante meses, pero ahora se sentía confusa, llena de dudas. Miró la carta que unos meses antes había enviado a Frederick Douglass, con el fin de que la pusiera en contacto con algunos esclavos fugados del Sur, para que corroboraran algunas de las cosas narradas por Tom. Muchos de los sureños le habían escrito quejándose de muchos de sus comentarios. Harriet no podía confesar que la mayoría de su información venía del diario de Tom y se basaba en hechos reales.

Calvin entró en la habitación y posó sus manos sobre los hombros de ella.

—¿Cómo te encuentras?

—No lo sé. Confusa, asustada y triste. Muchas personas me han escrito desde el Sur airadas, la mayoría son ministros de diferentes iglesias. ¿No te parece terrible que muchos cristianos apoyen la esclavitud?

—Ya sabes mi opinión. La esclavitud es un pecado. Algunos se justifican en los textos de Pablo de la necesidad de someterse a los amos, pero, desde el Antiguo al Nuevo Testamento, Dios condena esta práctica odiosa, como ya demostró el teólogo doctor Barnes, pero muchos pastores del Sur no se atreven a denunciar este pecado y otros se benefician de la riqueza que genera. Cada generación vive sus propias contradicciones; a la nuestra le ha tocado esta terrible lacra de la esclavitud.

Gamaliel Bayley, el director del *National Era*, le pedía más relatos, pero ella se encontraba indecisa y poco inspirada.

—No estoy segura de continuar.

—¿Recuerdas lo que nos dijiste a todos cuando recibiste la carta de tu hermana Isabella?

Lo recordaba perfectamente, para ella había sido casi un juramento.

—«Mi perpetuo sentimiento de vivir al borde de la eternidad».

—Eso es, querida. No hemos venido a este mundo para conformarnos. Nadie nos promete que no caeremos, que no sucumbiremos, pero Dios te ayudará a levantarte, te dará fuerzas y no te cansarás. Aunque tengamos que enfrentarnos a toda la nación, qué digo, a todo el mundo, si Dios está con nosotros, quién contra nosotros.

Calvin dejó la habitación tan sigilosamente como había entrado. Harriet tomó la pluma y abrió el diario de Tom en el capítulo de la terrible huida de Eliza y la vida de George Harris, su esposo.

La religión es la peor lacra de la humanidad. Fue esta la que mandó a nuestro señor Jesucristo a la cruz, porque, mientras Dios salva y su misericordia nos alcanza de forma inefable, la falsa religión busca siempre mantenerse en el poder o aliarse con él. Desde que me convertí supe que únicamente podía fiarme de la Palabra de Dios y que debía examinar y juzgar a todos aquellos que hablaran en el nombre de Dios.

La señora Shelby tuvo una fuerte discusión aquella noche. Mientras me removía en mi cama, inquieto y confuso por lo que había escuchado, decidí salir a tomar aire. Caminé hasta la gran casa, mis amos vivían con todo lujo y confort y, aunque nos trataban bien, nunca acepté que eso fuera justo. Me aproximé hasta debajo de su habitación. El amo estaba fumando un cigarrillo en la terraza. Me oculté justo debajo y escuché a la señora Shelby hablar:

—¿Es cierto que ese tal señor Haley ha comprado a algunos de nuestros trabajadores?

—Las mujeres acostumbran a hacer preguntas cuyas respuestas conocen perfectamente —comentó Arthur, malhumorado. Ya había sufrido suficiente con aquel tratante, ahora deseaba fumarse un cigarrillo y descansar un poco.

—Las mujeres sabemos que los hombres mienten, algo que, además de una fea costumbre, es un pecado, querido Arthur.

El hombre se giró y miró al interior.

—No me ha quedado más remedio, era eso o la ruina. Puede que te disguste que hayamos tenido que vender a algunos de nuestros trabajadores, pero vivir así, de esta manera, tiene un precio.

—No son mercancías, no podemos venderlos y comprarlos como objetos —le reprochó su esposa.

—La ley lo permite.

—No todo lo que es legal es moral. Se supone que vivimos en una sociedad cristiana, pero todos sabemos que no es cierto. Esas mujeres de la iglesia o sus maridos se escandalizarían por ver a una novia del brazo de su novio sin que nadie los acompañe, pero no porque le arrebaten a una madre a su hijo para venderlo. ¿Has vendido al hijo de Eliza?

—No me ha quedado más remedio, pero Eliza se queda. El pobre Tom tendrá que dejarnos.

—Dios mío, ¿qué has hecho?

—Lo necesario. Puedes quejarte, pero gracias a mí esta casa y esta plantación funcionan. Cuando la heredamos de tus padres se encontraba casi en la ruina. Ellos cuidaban a sus esclavos, pero no de sus intereses.

—Ellos eran cristianos, lo que no sé es qué eres tú.

—En la iglesia este domingo, el reverendo habló de que la esclavitud había sido instituida por Dios, que no todos los hombres somos iguales; a esos africanos los persigue una maldición por su idolatría...

—No volveré a pisar esa iglesia.

—¿Te has vuelto loca? ¿Acaso te estás convirtiendo en una abolicionista?

—Esos abolicionistas hablan de lo que no saben ni entienden. Yo siempre he despreciado la esclavitud, la única forma de borrar esta ignominia es terminar con ella. No critico que muchos pastores no sean capaces de enseñar a sus congregaciones la verdad sobre la esclavitud, pero defenderla, eso es una abominación que Dios no les perdonará jamás. Yo vendería todo lo que tengo por salvar al pequeño Harris; no lo vendas, te lo suplico.

El señor Shelby lanzó la colilla al jardín y se puso de nuevo de cara a su esposa.

—Los clérigos y las mujeres se parecen en algo. Ambos se creen con el derecho de llevar la delantera en cuestiones morales. Es muy bonito vivir en el mundo perfecto de las mujeres, pero los hombres debemos enfrentarnos cada día a esa selva que hay fuera de este paraíso.

Me alejé del edificio temblando, pero no por el frío de febrero, sino por comprender la cruda realidad: los esclavos, aun con los amos más benévolos, no dejamos de ser meras posesiones. Pasé delante de la cabaña de Eliza y la escuché hablando con su esposo George.

—Entonces, ¿escaparás? Es muy peligroso, casi un suicidio.

—Me marcharé al Norte; después, a Canadá.

—Te matarán, no puedes dejar a tu amo.

—¿Mi amo? ¿Quién lo convirtió en mi dueño? Soy mejor hombre que él, más inteligente y capaz, ¿qué importa que mi piel sea algo más oscura o que mi madre fuera una esclava?

—Debemos tener fe, mi señora dice...

—No me hables de tener fe. Nos quieren convencer de que su Dios nos salva, pero ellos nos condenan a este infierno en vida. Ni siquiera nos permiten entrar en sus iglesias. ¿Qué clase de Dios es ese? Esa fe es buena para ellos, que tienen casas y carruajes, que pueden ir a donde quieran.

George tomó varias de sus cosas y las guardó rápidamente en un hato. Se puso su mejor traje. Como apenas tenía rasgos negroides, en la oscuridad pasaría por un hombre blanco más, pero incluso de día nadie habría dicho que era un esclavo.

—No dejes de pedir a Dios que te ayude, si lo haces no te ocurrirá nada malo. Yo oraré también por ti.

Escuché a George salir de la cabaña, me dirigí a la mía e intenté descansar un poco, aunque no paré de dar vueltas toda la noche. Por la mañana, el odioso señor Haley estaba llamando a la puerta de todas nuestras cabañas, pues quería elegir su mercancía. Nos reunió enfrente de la gran casa, pero antes de ir llamé a todos los hombres para hablar con ellos.

—Amigos, este negrero quiere llevarse a varios de nosotros. Los más jóvenes se esconderán en el bosque, también los padres de familia con niños pequeños, el resto nos presentaremos y que sea lo que Dios quiera.

Mientras nosotros intentábamos salvar a los más débiles, Eliza se fue con su hijo para hablar con la señora, pero apenas había avanzado un poco cuando vio al señor Haley, se dio media vuelta y se dirigió a la cabaña. Yo la detuve y le dije:

—Se va a llevar a tu hijo, será mejor que te marches.

Le di un poco de dinero.

—Tengo que recoger mis cosas —me explicó.

—No hay nada importante que dejar atrás. Intenta ir al paso del río Ohio, nosotros entretendremos al tratante todo lo que podamos.

Eliza se dirigió a toda prisa al bosque y corrió en dirección al río. Uno de nuestros jóvenes la siguió para asegurarse de que no corría peligro.

El señor Haley nos colocó en fila y comenzó a examinarnos como si fuéramos ganado. Nunca había recibido un trato tan vejatorio, aunque en ese momento desconocía que aquel era solo el principio de un infierno que me llevaría demasiado lejos de mi hogar. Sus capataces, un hombre blanco sin dientes y con la cara picada de viruela y otro negro y gordo, con los ojos bizcos, apuntaban los nombres y la edad.

—Este es el famoso tío Tom. Pareces viejo, pero tus músculos siguen tensos. Serás una de mis mejores adquisiciones. Seguro que puedo sacar un buen pellizco por ti.

Tuve ganas de golpearle con todas mis fuerzas, apreté los puños y me mantuve callado.

George, el hijo del amo, que hasta aquella mañana no se había enterado de nada, se acercó furioso.

—¡Maldito negrero! La gente como usted es verdadera escoria, lo peor que camina sobre la faz de la tierra.

—No todos hemos vivido con sus privilegios. Todo lo que tiene, lo que lleva puesto, lo ha sacado del sudor de estos esclavos, pero se cree mejor que yo porque no usa el látigo o los pone en su sitio de vez en cuando. Su padre me los ha vendido, son míos. Para él se trata de simple mercancía, de un asunto de negocios.

El señor Shelby agachó la cabeza. Por desgracia, ese patético personaje tenía razón. Todos eran cómplices en aquel crimen, aunque los Shelby se creyeran mejor que otros esclavistas.

—¿Dónde está el niño? —preguntó el hombre al terminar de examinar al resto de esclavos.

—No lo sé — contestó confuso el señor Shelby. No quería que su palabra se pusiera en entredicho, la palabra de un hombre era todo su capital y fortuna.

El señor Haley recorrió la fila furioso, echando espumarajos por la boca y blasfemando, mientras nosotros lo observábamos aterrorizados. Nunca nos habían tratado de aquella forma en la finca.

—¡Ustedes lo saben, malditos negros!

George Shelby se acercó por detrás y lo agarró del brazo.

—¡No le permito que hable de esa forma delante de mi madre ni que trate así a nuestros hombres!

Los ojos del negrero parecían inyectados en sangre, se giró y levantó el látigo.

—Señor Haley, tranquilícese, los encontraremos.

Arthur Shelby sabía que, hasta que Harry no fuera con aquel tipo abominable, su deuda no estaría saldada y todos se encontrarían a su merced.

—Necesito caballos y alguno de sus hombres de confianza. Tenemos que encontrar a la madre y al niño antes que anochezca. No le prometo que volverá a ver a esa maldita mestiza con vida.

El amo dispuso que dos de nosotros acompañásemos a los capataces del negrero. Michael y yo tomamos los peores caballos de la plantación y salimos en su búsqueda junto al señor Haley y sus hombres. A nuestro lado corrían dos de los peores perros del negrero, ladrando y enseñando sus fauces, como si no hubieran comido en semanas.

~≪≫ Capítulo VI ≪≫~

Una difícil despedida

Brunswick, Maine, 2 de diciembre de 1851

Aquellas Navidades, el mayor regalo para los Stowe fue el mensaje del director del *National Era* de que el éxito había despertado la curiosidad de un editor de Boston llamado John P. Jewett. El editor le escribió poco después y le contó su intención de publicar en forma de libro la historia del tío Tom. Al principio, Harriet se mantuvo un poco escéptica, no era el primer libro que publicaba y sabía que apenas recibiría nada al respecto. En el periódico le habían ofrecido unos trescientos dólares por toda la serie y eso era mucho más de lo que había ganado en todos los años que llevaba escribiendo artículos y libros de texto para niños.

El señor John P. Jewett le escribió para comentarle que había decidido ir a Brunswick para encontrarse en persona con ella y su esposo.

Harriet estuvo inquieta toda la mañana, el hombre acudiría antes de la hora del almuerzo. La noche anterior le había enviado un mensaje anunciándoles que ya se encontraba en la ciudad.

Calvin llamó a su esposa, que estaba en la segunda planta, tras abrir la puerta principal a la visita. La corriente casi invernal se filtró por la entrada y subió las escaleras hasta el cuarto de los Stowe.

—¡Querida, el señor Jewett está aquí!

La mujer se asomó a la escalera y descendió inquieta cada peldaño. Los niños se quedaron con su criada, para que pudieran hablar sin impedimentos.

El editor la observó descendiendo por la escalinata. Harriet no tenía nada de especial. Su porte era sencillo; su ropa, corriente y de color negro; no llevaba pendientes, broches ni joyas de ningún tipo. Su pelo castaño estaba recogido en la nuca y sus brillantes ojos azules parecían asustados ante su presencia.

Jewett pensó por unos instantes si había hecho aquel viaje en balde.

—Señora Stowe, es un placer conocerla en persona, sus relatos están revolucionando a medio mundo.

La mujer se ruborizó y le dio suavemente la mano. La tenía fría y sudorosa por los nervios. Los tres se dirigieron al salón, los dos caballeros se sentaron uno enfrente del otro y ella al lado de su esposo.

—¿Qué tal ha sido su viaje? —preguntó Calvin.

—Estas no son buenas fechas para salir de casa. Las carreteras están embarradas o cortadas por la nieve, hace un frío de mil diablos. Con perdón —rectificó, temiendo incomodar a Harriet.

—No se preocupe, me crie con muchos hermanos varones y, aunque la mayoría son ahora pastores, en su juventud no eran tan moderados como ahora.

—Espero que su viaje sea productivo —comentó Calvin, mientras le ofrecía un poco de té.

—Prefiero el café, si son tan amables.

Harriet fue a la cocina y lo preparó con rapidez. Cuando llegó de nuevo al salón, los dos hombres ya habían entrado en materia.

—Mi idea es publicar *La cabaña del tío Tom* en un volumen pequeño a un precio asequible. Creo que podremos vender algunos centenares de ejemplares aquí en el Este, también algunas decenas en el Oeste. En el Sur no creo que podamos ni ponerlo a la venta.

La mujer sirvió el café y se colocó hacia delante, impaciente por conocer todos los detalles.

—Señora Beecher, mi mujer quedó muy impresionada por sus relatos. Si le soy sincero, fue ella la que me animó a publicar el libro. No somos una editorial grande, empezamos hace unos años con libros de texto y hace poco hemos comenzado con literatura.

—Salude a su esposa de mi parte —dijo Harriet, que hasta aquel momento no había abierto la boca.

—Gracias, lo haré.

—Entonces, ¿qué está dispuesto a ofrecer por la obra?

El editor sonrió, tomó la taza de café y esperó unos segundos antes de contestar.

—Lo cierto es que hasta ahora hemos firmado contratos en los que el autor se lleva el cincuenta por ciento de los beneficios, pero participa en los gastos también.

Calvin frunció el ceño, no le hacía mucha gracia la propuesta.

—No podemos poner dinero en la edición de un libro. Soy profesor de teología y mi esposa cuida de los niños en casa.

—Lo entiendo. De todas formas, la editorial está muy interesada en sacar el libro, podríamos ofrecerle el diez por ciento de todas las ventas. Puede que no le parezca demasiado, pero su historia llegará a mucha más gente.

—Me parece poco —comentó su esposo.

—Aceptamos —contestó Harriet—, pero la serie no está terminada, calculo que el último artículo saldrá en marzo del año que viene. El libro no podrá publicarse hasta que se termine la serie del periódico.

—Naturalmente, respetaremos sus acuerdos con el *National Era*.

Calvin intentó mediar de nuevo, pero su esposa lo agarró de la levita con disimulo.

—Pues, si les parece bien, redactaré el contrato en cuanto esté de nuevo en Boston y se lo mandaré para que lo firme.

Los tres se pusieron en pie, el editor los saludó y, tras acompañarlo a la puerta, el matrimonio se quedó a solas. Se abrazaron y, sin poder reprimir su alegría, buscaron a sus hijos para celebrarlo.

Harriet parecía exultante en aquel momento, aunque le había molestado la actitud paternalista de su esposo. Cuando, tras el almuerzo, los dos se sentaron en el despacho de Calvin para leer, ella dejó el volumen a un lado y le comentó:

—No me ha gustado cómo te has comportado. Las mujeres no somos niños. Aquel hombre debía hablar conmigo.

—Lo siento, querida, no era mi intención, simplemente deseaba ayudar.

—¿Ayudar? ¿Desde cuándo sabes algo sobre negocios o sobre venta de libros?

—Era un pacto entre caballeros —se excusó.

—No, era un acuerdo entre una escritora y su editor. Soy una mujer adulta, gobierno la economía de esta casa, escribo, he sido profesora y llevo años defendiendo la causa del abolicionismo.

Calvin se levantó de su cómodo sofá y le dio la mano a su esposa.

—Tienes razón, a veces los comportamientos más difíciles de cambiar son los aprendidos en la niñez. Me casé contigo porque eres la mujer más maravillosa que conozco, inteligente, buena y con un talento excepcional.

Harriet apoyó la cara sobre su mano, sintió su suave tacto y después miró a su marido a los ojos.

—Estamos juntos en esto, como en todo. Nuestra vida es un regalo de Dios, esta familia es la construcción perfecta de lo que anhelamos cambiar en la sociedad. No creemos que los hombres deban explotar a sus semejantes, ya sea en nombre de la esclavitud, el desarrollo o el progreso. Deploramos que se exploten las colonias en África y otros continentes, creemos en el derecho a la educación de niños y niñas, pero a veces se nos olvida que la mitad de la humanidad lleva siglos sometida, sin apenas derechos y despreciada por la otra mitad. Las mujeres tenemos los mismos derechos y obligaciones. Doy gracias a Dios por la familia que hemos formado juntos, pero yo no soy una más de las personas que tienes bajo tu potestad.

—Lo lamento, querida —repitió Calvin. Después se abrazaron y Harriet subió a su cuarto para completar el relato que debía enviar en unos días al periódico. Ya se había acostumbrado a lidiar con la popularidad. Lo que realmente le preocupaba era lo que estaba sucediendo en el país, la Ley de Esclavos Fugitivos cada vez se aplicaba con más intensidad, ante la indiferencia de la mayoría. Los esclavistas estaban solicitando al gobierno de Washington que firmara un tratado con la Corona Británica para que los negros que llegaban a Canadá fueran enviados de vuelta al Sur.

Harriet abrió el diario por la historia de la fuga de Eliza y comenzó a escribir.

Dios abrió el río Jordán y el mar Rojo, pero el río Ohio impedía a muchos esclavos escapar al Norte. A veces, las fronteras más difíciles de atravesar son las que nos separan de lo que somos y de lo que podríamos llegar a ser. Yo había nacido esclavo, había vivido con la rabia y el odio en cada poro de mi piel, hasta que el mensaje del Hijo de Dios me transformó por completo, pero, aun como cristiano, las dudas me asaltaban constantemente. Aquella mañana mientras corríamos detrás de Eliza y su pequeño hijo Harry, no podía dejar de preguntarme por qué Dios no intervenía de alguna manera.

El despreciable señor Haley y uno de sus hombres se dirigieron conmigo por el camino más corto al embarcadero; un viejo edificio y un pequeño puerto en el que una barcaza cruzaba el caudaloso río cuatro o cinco veces al día. Intenté con todas mis fuerzas entorpecer la persecución, algunas veces tomando el sendero más largo o simulando que mi caballo se había hecho daño, pero tres hombres a caballo siempre son más veloces que una pobre mujer a pie con un niño en brazos.

Al pasar el último claro del bosque, observé a lo lejos la cabaña medio caída del barquero. El viejo Tim era un alcohólico que intentaba ahogar sus penas en ginebra. Su vida, difícil y triste, contrastaba con una amabilidad que delataba un gran corazón. Es fácil juzgar a las personas por su aspecto o sus abyectos vicios, pero detrás de cada ser humano hay una historia que los que lo condenan suelen desconocer por completo.

Cuando llegamos enfrente de la cabaña, Tim se dirigió hacia nosotros, tomó las riendas del caballo del señor Haley y comenzó a hablar.

—Caballeros, ¿qué desean en un día tan intempestivo como este?

—¿Ha cruzado alguna esclava el río? —le preguntó con un gesto de desprecio Haley.

—¿Un día como hoy? El río baja con fuerza, pero además está helado. Los bloques de hielo flotan por todas partes, sería una temeridad cruzarlo por aquí.

—¿Has visto a la joven con su hijo? —le volvió a preguntar, impaciente.

—No he visto a nadie en todo el día —dijo mientras miraba con sus ojos legañosos al tratante.

—¡Mire, señor! —gritó uno de los capataces de Haley.

El hombre levantó la vista, pero no observó nada en especial, aparte del río que bajaba con fuerza y el hielo que brillaba en la superficie.

—¡Allí, encima de aquella placa!

Entonces la vio, Eliza caminaba intentando no perder el equilibrio, como el apóstol Pedro sobre las aguas, pero no tenía la mano de Jesús para ayudarla en aquel duro trance.

El anciano barquero se agarró a las riendas del negrero con fuerza, como si intentara retrasar la persecución.

—¡Suelta, maldito viejo! —exclamó, tirando con fuerza. El anciano aguantó la embestida, parecía soldado al cuero de las riendas.

Haley, sin pensarlo dos veces, azuzó a su caballo y este corrió al galope, arrastrando al pobre anciano hasta que, a unos metros, se soltó, mientras las patas traseras del caballo de Haley lo pisoteaban. Lo miré preocupado, pero tuve que continuar la persecución.

En un par de minutos estábamos enfrente de la orilla. El Ohio bramaba con fuerza mientras las placas de hielo navegaban a toda velocidad río abajo.

—Persíguela —ordenó el negrero a su hombre, pero este se limitó a poner un pie en el hielo y al rato quitarlo de nuevo.

—Estoy rodeado de inútiles —dijo mientras extraía su rifle de una funda.

Eliza saltaba de un lado al otro como una loca. El niño parecía adormilado en sus brazos, mientras que ella corría de placa en placa, tambaleándose a cada paso.

—¡Dios mío! —exclamé al ver a la mujer tropezar; su hijo se escapó de sus manos y cayó sobre una placa. Esta comenzó a alejarse a toda velocidad. La mujer dio un salto y logró llegar a ella, pero se escurrió y comenzó a caer al agua helada del río. Al final, sus manos se aferraron a un saliente y subió de nuevo a la placa.

El señor Haley apuntó el arma y disparó. El estruendo sonó como un relámpago y el olor a pólvora lo envolvió todo. Cerré los ojos instintivamente y, cuando los volví a abrir, observé cómo Eliza intentaba correr hacia las últimas placas. Estaba a punto de conseguir llegar a la otra orilla.

—¡Por todos los demonios del infierno! ¡Esa negra tiene siete vidas! Mandaré a mis hombres a que le den caza, pero no la quiero viva; al niño sí, pero a ella la quiero muerta.

—Pero, amo —le dije, nervioso—. Eliza es del amo Shelby...

—Esa negra me ha costado cientos de dólares. No se escapará sin más. Tú no lo entiendes, únicamente eres un esclavo, pero cada negro que se escapa al Norte les da esperanzas a otros de que también podrán conseguirlo. ¡No y mil veces no! —exclamó mientras guardaba el fusil.

—Yo los capturaré y cumpliré las órdenes —dijo el capataz negro.

Haley chasqueó la lengua y después nos dirigimos de vuelta a la plantación. Al llegar a la casa, la mayoría de los elegidos para el transporte esperaban en fila. Se les veía agotados y nerviosos.

—Mañana a las ocho pasaré por ustedes, no se les ocurra hacer ninguna tontería. ¿Entendido?

Todos asentimos con la cabeza, después nos dirigimos a nuestras cabañas en silencio. Mi esposa, Chloe, saltó de alegría al verme y mis hijos me rodearon con sus brazos.

—¿Ha logrado escapar? —me preguntó expectante mi mujer.

—Gracias a Dios, sí, pero el tratante ha enviado a un hombre para que la mate y se haga con el pequeño Harry.

—Dios santo, qué tipo de personas son esas. ¡Matar a una madre y robarle a su pequeño!

—No hay mayor amor que el que siente una madre por su hijo. Ustedes son las únicas que pueden salvar a este mundo corrompido y cruel —le dije, sin dejar de abrazarla. Después noté un nudo en la garganta, recordé a mi buena madre, todos sus desvelos y sufrimientos, sus luchas para sacar a sus hijos adelante. Lo primero que vemos al llegar a este mundo es el rostro de nuestras madres, son los ángeles que Dios nos envía para guiarnos en esta vida y llevarnos por el buen camino, hasta la eternidad.

Capítulo VII

La casa de un senador

Brunswick, Maine, 25 de diciembre de 1851

La Navidad siempre trae sosiego a las almas inquietas. Harriet había logrado superar los primeros fantasmas de la popularidad y convertirse en una mujer pública. Sabía que era parte indispensable de su éxito, pero, en un mundo gobernado por hombres, en el que la mujer apenas podía abandonar su papel de ama de casa y madre, exponerse tanto ponía en peligro la unidad familiar y a sus propios hijos.

Aquella mañana, la nieve cubría con su brillante manto el jardín, todo parecía deliciosamente limpio, como si el mundo necesitase de vez en cuando relucir de nuevo y que su brillo volviera a iluminar los corazones entristecidos por los dolores y sinsabores de la vida.

Después de preparar a todos los niños para asistir a la celebración de Navidad, los Stowe caminaron por la nieve, los niños se lanzaban bolas y los más pequeños dibujaban ángeles con sus cuerpos.

—Van a llegar empapados a la iglesia —se quejó su marido.

—Todos hemos sido niños —comentó Harriet antes de que una bola la golpease en pleno abrigo.

La mujer se echó a reír, tomó algo de nieve y se la lanzó a uno de sus hijos. Su esposo frunció el ceño, pero ella se limitó a lanzarle una bola de nieve a la cara. Él la miró con gesto hosco, pero al final se agachó y comenzó a jugar con el resto de la familia.

Llegaron medio empapados y jadeantes, la reunión había comenzado y se sentaron ruidosamente en su banco, mientras algunos parroquianos los observaban con desdén. Aquella mañana no predicaba el pastor de la iglesia, habían invitado a un joven seminarista, un antiguo alumno de su marido.

—Por eso —dijo, justo en el momento en que la llegada de los Stowe le interrumpía el sermón—, el apóstol Pablo nos dice que en lo que dependa de nosotros estemos a bien con todos los hombres. Cada día escuchamos disputas y enfrentamientos entre hermanos. Una nación dividida contra sí misma no puede prosperar. Los padres fundadores y los constructores de la Constitución quisieron crear una tierra de libertad y prosperidad, un ejemplo a las generaciones...

Harriet comenzó a moverse inquieta en el asiento. No soportaba los sermones santurrones que en realidad reflejaban una mezcla de cobardía y conformismo. Se preguntó en ese momento dónde quedaba el espíritu de los mártires de los primeros siglos del cristianismo. Los valientes muchachos que se lanzaban a la arena del anfiteatro para impedir la lucha de gladiadores, las jóvenes que morían entre las fauces de los leones por no querer negar su fe.

—No podemos incitar al odio en el nombre de nuestro Señor, no debemos azuzar el avispero social, aunque sea por una buena causa. De otra manera, estaremos airando a Dios.

Harriet miró a su esposo. Calvin se dio cuenta de que estaba a punto de intervenir. Decidió ponerse en pie y ambos salieron del templo en medio del murmullo general. Entonces el predicador gritó furioso:

—«Vuestras mujeres callen en las congregaciones [...] porque es indecoroso que una mujer hable en la congregación».[3]

Harriet se giró, miró a la audiencia y le contestó al predicador con voz pausada.

—Misericordia y no juicio. «Ya no hay judío ni griego, esclavo ni libre, hombre ni mujer, sino que todos ustedes son uno solo en Cristo Jesús. Y, si ustedes pertenecen a Cristo, son la descendencia de Abraham y herederos según la promesa».[4]

Después se dio la vuelta y salió a la calle, la mitad de la congregación se puso en pie y comenzó a aplaudir, mientras la otra mitad parecía confusa y airada.

---

3. 1 Corintios 14.34-35.
4. Gálatas 3.28-29 (NVI).

En cuanto comenzó a bajar la escalinata, escuchó una voz a su espalda.

—Señora Beecher, por favor, espere.

No hizo mucho caso, pero el hombre que los perseguía se puso justo delante. Era Sambo; parecía cambiado, como si la libertad hubiera suavizado sus rasgos y hubiera logrado disipar el miedo y la resignación de su mirada.

—¡Qué alegría volver a verlo!

Comenzaron a caminar juntos, mientras los niños se entretenían con la nieve.

—Imagino que estos meses han sido difíciles —dijo Sambo.

—La vida siempre lo es. Dios no nos trajo aquí para transitar por un camino de rosas.

—Ya no tengo ninguna duda de que usted era la elegida, esos relatos están cambiando el país.

—Espero que no lo dividan y destruyan.

—Señora Beecher, no crea que usted ha provocado esto, simplemente es la mano de Dios para sacar a la luz tanta injusticia y crueldad. No podemos callar, el silencio nos convierte en cómplices.

—Pero yo únicamente he escrito una historia, un relato de lo que pasa en muchas plantaciones.

Sambo sonrió brevemente, para él todas aquellas cosas no eran cuentos lejanos y emotivos, formaban parte del sufrimiento que había experimentado desde niño.

—Antes era ciego, pero ahora mis ojos ven. No tenga temor, Dios la ayudará en este camino.

Sambo se quitó el sombrero, los saludó y después se alejó por una de las calles laterales. Calvin observó por unos momentos a su esposa, tenía un brillo especial en la mirada.

—¿Cómo te encuentras? Lo que ha sucedido en la iglesia ha sido muy desagradable.

—No te preocupes.

—Espero que esto no te impida... regresar —dijo Calvin, algo angustiado. No quería que su esposa cayera de nuevo en una depresión o una crisis de fe.

—No pueden robarnos la iglesia, el mensaje de Jesús debe prevalecer sobre los intereses particulares de los individuos. Las lágrimas más amargas derramadas sobre nuestra tumba serán las de las palabras no dichas y las obras inacabadas.

Llegaron a su casa, la criada se sorprendió al verlos regresar tan pronto. Harriet aprovechó que aún quedaban un par de horas hasta la comida para subir a su cuarto y escribir un poco. Era una de las cosas, junto a la oración, que le devolvían el sosiego. Antes de comenzar, se giró hacia la ventana y dijo:

Amado y buen Dios, ten misericordia de mí. No sé lo que quieres de esta sierva. Utilízame, úsame para tu gloria. En medio de la batalla, cuando ya no tenga fuerzas, ayúdame a pensar quién soy. Todos me ven como una pequeña e insignificante mujer, la esposa respondona de un profesor de Biblia demasiado tolerante, pero tú me ves como soy en realidad. Tu hija amada, la persona por la que enviaste a tu hijo a la cruz, un tesoro especial al que redimiste por amor. Pongo en ti toda mi confianza, Señor Jesús.

Mientras yo intentaba pasar la última noche al lado de los míos, muy lejos de allí, después de lograr escapar del río Ohio, Eliza consiguió refugiarse en la casa de un senador. El joven que mandé a perseguir a Eliza me lo contó, aquella última noche en casa, antes de que comenzara mi verdadero calvario.

—Tío Tom, sin duda Dios está con Eliza. Lo que superó es increíble. Imagínese, tras cruzar el río se encontraba empapada y asustada, yo la observaba desde cierta distancia y estuve a punto de ir ayudarla, pero en el camino se acercó un carruaje elegante, se detuvo y una mujer asomó la cabeza. La ayudó a subir al carruaje y las dos se encaminaron hasta el pueblo más cercano. La mujer dejó a los fugitivos a las afueras del pueblo y estos caminaron en medio de la nieve fría hasta una casa cercana. Pregunté a un lugareño y me informó que aquella era la residencia del muy honorable señor Bird. Al parecer, el hombre es senador y se le considera uno de los políticos más honrados del estado, que eso en política es siempre mucho decir.

»Estaba a punto de marcharme, contento de la fortuna de Eliza, pensando que aquella familia sin duda la ayudaría, cuando vi luz en el salón principal. Me acerqué y observé la escena por la ventana.

Parecía una hermosa postal navideña. Cuatro niños pequeños corrían por todas partes, mientras la pareja intentaba mantener una conversación. Esto es lo que pude oír y presenciar:

—Tenía muchas ganas de regresar a casa, la vida en Washington es terrible —dijo el senador—. No sé a quién se le ocurrió construir la capital en ese pantano. El agua estancada propaga todo tipo de enfermedades; además, los alquileres están por las nubes y los hoteles son los peores de la Unión.

—¿Cómo te fue en la capital?

—Nada del otro mundo. Ya sabes, sesiones interminables, comisiones...

—¿Es cierto que se ha aprobado una ley para perseguir a las personas que ayuden a los negros fugados y que estos pueden ser devueltos sin que intervenga un juez?

El senador miró a su esposa con cierto asombro, no solía interesarse demasiado en los asuntos del Congreso.

—No pensé que te interesaran esas cosas.

—La política no me interesa, si eso es a lo que te refieres, creo que es la excusa perfecta para que los hombres se insulten y pierdan los papeles, aunque sin duda es mejor que la guerra o el caos. Lo que no entiendo es cómo unos políticos que se llaman cristianos han aprobado una ley que prohíbe dar de comer al hambriento y de beber al sediento.

—Es una ley federal, nuestros vecinos de Kentucky se quejan de que en nuestro estado no se hace nada o casi nada para devolver a los esclavos huidos.

—Entonces, ¿son más importantes los derechos de esos «amos», por llamarlos de alguna forma, que dar cobijo a seres humanos indefensos? ¿No hicimos una revolución para que todos los hombres fueran libres?

—Estamos hablando de que los que ayudan a los esclavos fugados están cometiendo un delito. Los buenos cristianos obedecen las leyes, lo dice la Biblia —respondió el senador intentando cambiar la conversación. A continuación, se puso unas zapatillas cosidas por su esposa y se sentó en su butaca preferida.

Los niños seguían haciendo de las suyas en el salón, pero la mujer se puso en pie y, con el rostro encendido, le comentó a su esposo:

—¿Esa ley te parece cristiana y correcta?

—Cuando pones esa mirada sé que no importa lo que responda, ya estoy condenado.

—¿Has votado a favor? —le preguntó con el ceño fruncido.

—Sí, mujer, lo he hecho, mi partido...

—No lo hubiera imaginado jamás de ti. Perseguir a personas inocentes como si fueran animales. Atraparlos y enviarlos de vuelta a sus jaulas en el Sur. ¿Qué tiene eso de cristiano y decente? Es una vergüenza.

El senador comenzó a enfadarse, no le gustaban los derroteros que estaba tomando la conversación. Su mujer era muy juiciosa, pero pensaba que en aquel caso actuaba de forma radical.

—Será mejor que nos atengamos a obedecer las leyes, de otro modo, el país se convertirá en un caos. Lo más importante es el bien público.

—No entiendo por qué hacer lo que Dios dice puede impedir el bien público.

—La propiedad es algo sagrado, esos esclavos pertenecen a alguien.

—¿Qué harías si una mujer con un bebé se presentara en la puerta de tu casa en un día como este? ¿La echarías sin más para obedecer esa ley injusta o la acogerías para que no muriera en medio de la nieve?

—Querida, todo esto es muy irracional. Entiendo tus sentimientos, pero no hay que anteponerlos al sentido común.

—¿Al sentido común? ¿Por qué escapan los esclavos? ¿Piensas que son felices en las plantaciones?

El criado de la casa entró en el salón y les pidió que lo disculparan.

—Lo siento, pero hay una cosa urgente en la cocina, señora.

—Querido Cudjoe, ¿no puede esperar un momento?

—No, lo lamento, es muy urgente.

El señor Bird se alegró de que la conversación terminase por fin, pero apenas había tomado un libro para relajarse cuando escuchó la voz de su esposa desde la cocina. El hombre se levantó refunfuñando y caminó furioso hacia allí. Estaba a punto de estallar cuando contempló a una mujer mulata totalmente empapada. En sus brazos llevaba a un niño dormido.

—¡Dios mío! ¿Qué ha pasado?

Su esposa la miró con expresión compasiva, parecía como si el mismo Dios los estuviera poniendo a prueba. Entonces la mujer se desmayó, pero, antes de caer al suelo, la criada logró sostener al niño.

La llevaron a una de las habitaciones, las mujeres la cambiaron de ropa y la acostaron en la cama. Unos minutos después se despertó sobresaltada.

—¿Dónde estoy? ¿Qué ha sucedido?

—No se preocupe —la tranquilizó la señora Bird.

—¿Dónde se encuentra Harry? Mi pequeño.

—Le están dando de comer algo caliente, estaba famélico. Ahora traerán algo para usted.

Eliza se asustó al ver al hombre que había a su espalda, desconfiaba de cualquier varón blanco.

—Tranquila, es mi esposo.

—¿Qué le ha sucedido? —preguntó el senador, incómodo.

Ella le narró brevemente su huida atravesando el río y la manera milagrosa en que una dama la había recogido en un carruaje y la había dejado después en el pueblo, totalmente agotada y sin fuerzas.

—¿Por qué escapaste de tus señores? ¿Es que se portaban mal contigo? —preguntó el senador.

—No, señor, pero querían separarme de mi hijo, se lo habían vendido a un tratante de esclavos para saldar unas deudas —contó entre lágrimas.

—¡Eso es terrible! —exclamó la señora Bird.

El hombre la miró horrorizado, delante tenía a una persona de carne y hueso, no a una mera idea, por razonable que pudiera parecer. Después abrazó a su esposa y, emocionado, le dijo:

—Tenías razón, querida, no podemos desobedecer a nuestra propia conciencia.

❧ Capítulo VIII ❧

Un viaje por el Misisipi

Brunswick, Maine, 20 de febrero de 1852

L as pruebas de edición llegaron muy ajustadas de tiempo, aunque aún quedaba lo más difícil. Harriet sabía que Gamaliel Bayley, el director del periódico, tenía que autorizar que se publicase el libro antes de que terminara la serie de artículos en su medio. El relato se había ampliado hasta cuarenta y cinco partes, de las que aún quedaban dos por salir. La mujer escuchó los pasos del cartero sobre la cuajada nieve del jardín y salió a la puerta a recibirlo. Aquel día era especialmente tranquilo. Menos el pequeño, que estaba al cuidado de su criada, el resto de los niños estaba en la escuela. Su esposo se encontraba de viaje y en la casa reinaba un extraño silencio.

—Señora Beecher, tengo una carta para usted —el viejo cartero le sonrió mientras extendía un sobre amarillo, con el membrete impreso del periódico.

—Muchas gracias, Charly —dijo la mujer sin poder contener la emoción. En los últimos meses tenía la sensación de que su vida se había convertido en un torbellino de emociones. Las cartas de sus seguidores continuaban acumulándose al lado de su escritorio.

—Tengo que confesarle —dijo el cartero con su sonrisa algo bobalicona— que me ha emocionado su historia, estoy impaciente por conocer el desenlace. Ese pobre Tom lo está pasando muy mal.

—Gracias, Charly, yo también estoy sufriendo, ahora mismo estaba escribiendo el final del libro.

El cartero la observó emocionado.

—¿Cómo es posible? No sé cómo puede hacerlo. Parece algo mágico.

—La verdad es que lo es en cierto sentido, aunque le aseguro que en este caso es algo divino. Siento como si el Señor mismo me dictara lo que escribo.

—Dios la bendiga, señora. Creo que está haciendo un gran bien a la nación. Esos esclavistas del Sur son unas malas bestias —dijo el hombre, con su marcado acento de Maine.

Harriet frunció el ceño. Tenía muy buenos y cristianos amigos en el Sur. Las generalizaciones eran tan odiosas que había dejado claro en su libro que el problema de la esclavitud era un asunto nacional, no de los sureños.

—Esa ropa que lleva está fabricada en Boston, pero el algodón es del Sur. Los que menos partido sacan de la esclavitud son los sureños, se lo aseguro, pero los norteños comercian con el algodón teñido de sangre, como si no tuviera nada que ver con ellos.

El hombre se quedó sorprendido, después se quitó el sombrero en forma de despedida y caminó por el sendero helado hacia la calle.

Harriet se sintió mal por discutir con el cartero, pero estaba cansada de la superioridad norteña. Tenía la sensación de que muchos intentaban utilizar la esclavitud para defender sus ideas equivocadas. Estaba convencida de que, si la mayoría de los norteños hubieran nacido en el Sur, habrían actuado de la misma forma. Muy pocas personas eran capaces de criticar el sistema establecido y eso incluía a los cristianos, que parecían olvidar constantemente que el reino de Dios no era de este mundo.

La mujer entró en la casa y se dirigió al salón. El té se había enfriado, pero eso no impidió que tomara un poco, intentando alargar la incertidumbre. Su editor podía ser recalcitrante, muchos periódicos se sentían dueños de los artículos de sus colaboradores, como si estos fueran meros comparsas.

Tomó un cuchillo de plata y abrió el sobre, sacó la carta, que aún olía a tinta y papel nuevo, y comenzó a leer.

Estimada señora Beecher:

Hemos estado analizando la petición que nos envió hace unas semanas. No entendemos cómo ha firmado tan precipitadamente un contrato para la publicación de su historia, nosotros podríamos haberla asesorado en este asunto.

En su carta solicita que autoricemos la publicación del libro, un mes antes de la finalización de la serie de artículos sobre la historia del tío Tom. Sin duda, es una petición inusual y, en cierto sentido, precipitada, pero, como lo que deseamos es la mayor difusión de esta historia para bien de la causa antiesclavista y de la Unión, la autorizamos a la publicación del libro.

Nos unimos a usted en oración, rogando que el buen Dios lleve este proyecto a término y que contribuya a la libertad de todos los hombres en nuestro amado país.

Suyo sinceramente,

Gamaliel Bayley.

Harriet volvió a leer la carta. Después la dejó a un lado y tomó las pruebas de imprenta, había tenido que realizar algunos cambios en el texto. No era lo mismo escribir una serie de artículos que escribir una novela. Mientras lo hacía, comenzó a revivir en aquellas hermosas páginas la vida de Tom y sus desgraciadas aventuras.

⌘

Logré reunir las fuerzas suficientes para compartir con mis amigos aquella última noche en la plantación. Chloe hubiera preferido pasar ese último día conmigo a solas, pero sabía que yo era el padre espiritual de aquel pequeño rebaño.

Después de entonar un par de himnos, abrí la Biblia y comencé a compartir un mensaje para los que se quedaban en el hogar de los Shelby. Apenas había comenzado cuando el joven George Shelby entró por la puerta. Todos se giraron para mirarlo, pero él hizo un gesto para que continuasen con la reunión.

Leí el texto de Jeremías:

Entonces les dirás: Porque vuestros padres me dejaron, dice Jehová, y anduvieron en pos de dioses ajenos, y los sirvieron, y ante ellos se postraron, y me dejaron a mí y no guardaron mi ley; y vosotros habéis hecho peor que vuestros padres; porque he aquí que vosotros camináis cada uno tras la imaginación de su malvado corazón, no oyéndome a mí.

Por tanto, yo os arrojaré de esta tierra a una tierra que ni vosotros ni vuestros padres habéis conocido, y allá serviréis a dioses ajenos de día y de noche; porque no os mostraré clemencia. No obstante, he aquí vienen días, dice Jehová, en que no se dirá más: Vive Jehová, que hizo subir a los hijos de Israel de tierra de Egipto; sino: Vive Jehová, que hizo subir a los hijos de Israel de la tierra del norte, y de todas las tierras adonde los había arrojado; y los volveré a su tierra, la cual di a sus padres. [5]

—Hasta aquí la sagrada Palabra de Dios. Al igual que el Señor prometió a Israel que regresaría del exilio a la tierra prometida, Dios nos devolverá a casa. Aunque lo que ha sucedido parece la peor de las tormentas, no olvidemos, queridos amigos, que Jesús camina por las aguas para calmar la tempestad. No echen la culpa al amo, Dios es el que mueve el destino de los hombres, y si me lleva lejos de ustedes es porque otros necesitan el consejo de la Palabra de Dios. No estén tristes, algún día nos veremos de nuevo, ya sea en este mundo o en el venidero.

La veintena de personas se emocionó al escuchar mis palabras, para ellos era como un viento fresco en medio de la oscuridad de la esclavitud y el sufrimiento. La mayoría se habían hecho cristianos y habían sido bautizados por mí, ya que ejercía como pastor de la plantación. Aunque leía con dificultad y nunca había estudiado la Biblia, Dios me había concedido un don especial para atraer a la gente a la luz de la verdad.

El último en acercarse fue el hijo del amo, el joven George. Lo conocía desde que era niño. Le había enseñado a montar a caballo, pescar y cazar, éramos amigos inseparables.

—¡Dios mío, Tom! No sé cómo mi padre se ha atrevido a hacerte esto. Él...

—Amo George, no culpe a su padre, confío en la providencia divina. En cuanto pueda, les escribiré.

—Buscaremos la forma de traerte de nuevo a casa —dijo abrazándome. Sus ojos anegados en lágrimas apenas podían contener la emoción.

Tras un buen rato de despedidas, abrazos y llanto, la gente al final nos dejó solos a la familia. Chloe se colgó de mi cuello y estuvo a punto de desmayarse.

---

5. Jeremías 16.11-15.

—¿Qué voy a hacer sin ti? Estoy sin fuerzas. Malditos blancos.

—El color no importa; al menos a nosotros los cristianos no debería importarnos. Dios ama a todos, lo triste es que los hombres no lo aman a él y cometen todas estas injusticias.

—Eres demasiado bueno, cariño —dijo apretando mi rostro entre sus manos. Yo ya tenía el pelo encanecido y las arrugas comenzaban a labrar mi rostro.

—No lo soy, esposa mía, es Dios el que me pone esta paz. Oraré mucho por todos. Si el Señor quiere, volveremos a vernos pronto. No creo que el Sur sea tan malo como lo cuentan. Allí hay personas de todos los tipos, como aquí.

Nos fuimos a la cama y permanecimos toda la noche abrazados, ninguno de los dos logró dormir. Chloe suspiraba, como si necesitara sacar de su alma ese dolor pegajoso que deja siempre la pérdida. Yo, a su lado, oraba mentalmente por mis hijos, por todos los miembros de nuestra pequeña congregación y por los Shelby. Aún no creía lo que había sucedido. Me imaginaba viviendo toda la vida en la plantación, viendo cómo nuestros hijos y nietos crecían. No era consciente en aquel momento de que un negro era siempre un negro para los blancos; que a los demás sí les importaba el color de la piel, que eran incapaces de examinar el corazón, de ver que dentro del pecho todos somos iguales.

El gallo nos despertó del ligero estado de duermevela en que habíamos caído. Me vestí deprisa, como si quisiera terminar con todo aquel sufrimiento lo antes posible, aunque sabía que el dolor era como el fango pastoso después de una abundante tormenta. Tomé un pedazo de pan y salí de la cabaña sin despertar a mi familia, no tenía fuerzas para despedirme de ella.

El resto de desafortunados se encontraba en fila, bajo el cielo plomizo del amanecer, tiritando de frío bajo la nieve. El señor Haley los revisaba con un látigo en la mano. Únicamente estaba a su lado el capataz negro; el otro debía continuar en la búsqueda de Eliza, lo que sin duda era una buena noticia porque significaba que aún estaba libre.

—Espero que se porten bien. Yo no soy como su viejo amo, no me gusta estropear la mercancía, pero mi paciencia tiene un límite. El viaje es largo y lo mejor que puede sucederles es que lleguemos a Nueva Orleans sin incidencias. ¿Lo han entendido?

Todos asintieron con la cabeza, el señor Haley se acercó a mí y me levantó el rostro con el mango del látigo.

—Tranquilo, negro, tu terminarás en un buen lugar, eres el típico *happy darky*.

El hombre ordenó a los esclavos que subieran al carro. Nos quedaba un largo camino hasta el Sur.

Antes de subir al carro, la tía Chloe corrió hasta mí y me abrazó. El capataz del señor Haley la golpeó con el látigo. Ella se quejó y se giró hacia él. Por un instante, una increíble rabia me invadió. Con mi estatura y complexión, lo podría haber dejado inconsciente con facilidad, pero no quería causar más problemas. La señora Shelby, que había estado observando la escena desde lejos, se acercó al tratante y le dijo:

—Dios lo castigue, no haga daño a la tía Chloe ni a ninguno de mis trabajadores.

—Señora, esa mujer se está interponiendo —le contestó sin el menor atisbo de arrepentimiento. Haley era un tipo cínico, maleducado y cruel. Su profesión lo había endurecido, pero desde muy joven había albergado sentimientos de odio y rencor por todos los que consideraba superiores a él. Con los únicos que se sentía a gusto era con los negros, a los que podía humillar y golpear sin temor a las consecuencias.

George se acercó corriendo, levantó el puño para golpear al negrero, pero lo detuve.

—«Mía es la venganza y la retribución; a su tiempo su pie resbalará, porque el día de su aflicción está cercano, y lo que les está preparado se apresura».[6]

George intentó aguantar el llanto, se sentía tan impotente en aquella situación...

—Pronto volverás a casa, te lo prometo —dijo bajando el brazo y abrazándome.

El señor Haley se revolvió, molesto. Le repugnaba el amor entre blancos y negros, esos esclavos eran lo único que lo separaba a él de ser tratado como escoria blanca.

—¡Vamos, no tengo todo el día! —gritó tirando de mi brazo. No me resistí, me dejé llevar hasta el carro y subí a la madera fría y húmeda. Los caballos se pusieron en marcha.

---

6. Deuteronomio 32.25.

El joven George corrió al lado del carro, le grité antes de distanciarse lo suficiente:

—No se olvide de amar a Dios desde su juventud. Usted ha estado rodeado de privilegios, lo han educado bien, tiene una gran responsabilidad con el mundo. Al que mucho se le da, en el día del juicio más se le pedirá. No se deje llevar por la ira ni por la inmisericordia.

El carro se encaminó a la carretera principal. Debíamos llegar antes que el vapor se dirigiera río abajo, nos esperaba una larga travesía por el Misisipi. Aquel río nos conducía al verdadero infierno, donde a los esclavos se les había robado el alma, que sus amos ya habían perdido hacía tiempo.

~≈ Capítulo IX ≈~

El verdadero valor de las cosas

Brunswick, Maine, 15 de marzo de 1852

Calvin y Harriet se sentaron en el sillón frente a los editores. Llevaban un pequeño paquete en las manos, se lo entregaron y ella lo sopesó antes de abrirlo. Sentía la boca seca y un nudo en la garganta, y le temblaban las manos. Lo desenvolvió lentamente, miró la portada de tela barata y le pareció tan bello como un niño recién nacido.

—¡Dios mío! —exclamó, después se mordió el labio inferior y lo abrió con delicadeza y cierta reverencia.

—Hemos producido cinco mil ejemplares, una tirada muy grande para Estados Unidos, pero confiamos en su obra —comentó el editor.

—Estimado señor Jewett, lo felicito por la edición —dijo Calvin mientras su esposa le entregaba el ejemplar.

—En nuestro país, la venta de libros es difícil. Esto no es Inglaterra, las distancias son enormes y únicamente en las grandes ciudades tenemos un control efectivo de las ventas. Pero les aseguro que hay mucha expectación. Los artículos en el *National Era* han sido el mejor anuncio que podíamos tener.

—Muchas gracias —dijo Harriet, emocionada—, está haciendo un gran servicio a Dios con este libro. Estoy segura de que se lo sabrá recompensar.

—Eso espero. Si las ventas no funcionan, mi pequeña editorial quebrará.

El editor se puso en pie con su acompañante y se dirigieron a la salida. Harriet abrazó a su esposo en cuanto estuvieron a solas.

—Cuando vengan los niños, les enseñaremos la edición. Es un sueño hecho realidad.

—Querida, mereces esta alegría. Eres una gran escritora y esposa.

La mujer subió las escaleras y se encaminó de nuevo al estudio, donde se puso a hojear el libro y su triste historia. La embriagaba la emoción y la expectación por lo que estaba a punto de suceder. Ahora, los sueños de la juventud se hacían realidad. Aquellas conversaciones nocturnas con sus hermanas en las que les compartía su sueño de convertirse en escritora parecían por fin ser una realidad. Harriet acarició la tapa áspera del libro, sabía la influencia que tenían las palabras. El arma más poderosa del mundo era un libro, podía cambiar vidas e incluso el destino de una nación. Sabía que su obra era muy modesta, que era difícil superar los prejuicios contra las mujeres. De hecho, muchas autoras escribían con seudónimos masculinos. Sabía que hablar de un tema como la esclavitud iba a incomodar a mucha gente y le iba a poner en contra a los poderosos. Se sentía como David contra Goliat, pero, al igual que el pequeño pastor de Israel, se dijo antes de comenzar a leer: «Tú vienes a mí con espada y lanza y jabalina; mas yo vengo a ti en el nombre de Jehová de los ejércitos, el Dios de los escuadrones de Israel, a quien tú has provocado».[7]

⚜

La posada parecía animada aquella tarde. Fuera soplaba un viento helado y la nieve caía intermitentemente, recordando a todos que el invierno continuaba dominando el mundo. Al menos eso es lo que me contó el señor Wilson.

El hombre se sacudió el abrigo emblanquecido y se dirigió hacia la chimenea. Sintió que el calor le templaba las manos, pero el contraste le produjo un incómodo hormigueo, después se giró y observó al resto de los parroquianos. Al lado de la barra tras la que se erguía el posadero había un cartel ofreciendo una recompensa por la captura del esclavo fugado George Harris. El hombre se aproximó al cartel, varios clientes le tapaban la vista. Leyó brevemente el texto y después miró de arriba abajo a todos los que intentaban memorizar la información.

—El tipo que ha dejado escapar a un esclavo tan bueno se merece lo que le pase —dijo un hombre que mascaba tabaco sentado junto al fuego.

---

7. 1 Samuel 17.45.

—¿Por qué lo dice? —preguntó el forastero.

—Está claro que un negro de esas características es un tesoro, aunque cuando son demasiado listos se convierten en un problema. Yo vendí a dos hace poco, sabía que, si no lo hacía, tarde o temprano me ocasionarían muchos problemas.

—Son seres humanos con alma, así los creó Dios.

—Debería haberlos hecho sin ella, a todos nos ahorraría bastantes quebraderos de cabeza —dijo el hombre.

—Me temo que muchos de los amos parecen más inhumanos que sus esclavos —comentó el forastero.

La puerta se abrió en ese momento y apareció un hombre elegantemente vestido. Sus ropas destacaban entre la vulgaridad del resto de los parroquianos.

El joven se paró enfrente del forastero y le preguntó directamente:

—¿Es usted el señor Wilson?

—Sí, ¿cómo...?

—Necesito hablar con usted de negocios. Por favor, acompáñeme a mi cuarto. Subieron las escaleras y entraron en una de las habitaciones. No era muy lujosa, pero se encontraba limpia y ordenada.

—Soy yo. Creo que no me han reconocido, me he puesto en la piel la savia de la corteza de nogal y con estas ropas puedo pasar por un caballero.

—Creo que ha llamado demasiado la atención —se quejó el hombre.

—A veces, la mejor forma de pasar desapercibido es mostrarte con total seguridad.

—Sabes que estás contraviniendo las leyes del país. En Estados Unidos hay leyes, hasta Dios le ordenó a Agar, la esclava, que regresara junto a su ama.

George frunció el ceño. No quería que aquel hombre cuestionara su decisión, le habían dado su contacto para que lo ayudase a escapar, no con la idea de que le ofreciera consejos gratuitos y poco acertados.

—No regresaré a la plantación ni por todo el oro del mundo. Mi esposa es cristiana y yo, si Dios me ayuda en esta aventura, he prometido entregarle mi vida, pero no creo que él quiera que me someta de nuevo y me convierta en esclavo. Pensé que me iba ayudar, pero si hay algún problema será mejor que intente llegar a Canadá yo solo.

El hombre dudó por unos instantes.

—Señor Wilson, imagine que lo capturan los indios y lo convierten en su esclavo, haciendo que trabaje en sus plantaciones de maíz. ¿Usted no trataría de escaparse?

Wilson lo quería como a un hijo, le había enseñado su oficio y él había inventado una máquina para limpiar y repasar el algodón. Le hubiera pagado todo el oro del mundo por que volviera a trabajar con él, pero su amo era un hombre necio y bruto.

—Lo entiendo, pero, en este país, escapar es un delito.

—Es una ley injusta. Mi padre era blanco, tuvo varios hijos con mi madre, pero, al morir, la familia nos vendió para saldar sus deudas. Nos trataron igual que a los perros o al resto de los animales. Mi madre le suplicó a su nuevo amo para que al menos mi hermana y yo nos quedásemos con ella. Al principio me alegró que estuviéramos los tres juntos; mi hermana era una buena chica cristiana, educada como una blanca, pero aquel cerdo la trataba peor que a una cosa. ¿Eso es justo? ¿Debo obedecer a amos así? Ellos quieren que cumplamos las leyes humanas, pero ¿acaso no importan más las del cielo?

El hombre se emocionó al escuchar las palabras de su antiguo empleado. Decidió darle una fuerte suma de dinero y su pistola.

—No mates a nadie, úsala solo en defensa propia. Intenta encontrar a tu esposa y a tu hijo, espero que Dios te guarde.

—Gracias, con este dinero me comportaré como un blanco, comeré y me alojaré en los mejores hoteles, de esa forma pensarán que soy uno de ellos. En cuanto esté a salvo, reuniré un poco de dinero y se lo enviaré. Nunca podré olvidar lo que ha hecho por mí.

George abrazó a su viejo jefe. El hombre parecía tan emocionado que no pudo evitar llorar, aunque nunca lo hacía en público.

—Lo único que te pido, muchacho, es que recuerdes que Dios está de tu lado, te ama y te ayudará. Créeme, el mundo está lleno de gente malvada, pero él pagará a cada uno según su comportamiento. Jesucristo vino a morir por todos, sin importar el color de la piel, él mira el corazón.

Capítulo X

Una niña especial

Brunswick, Maine, 29 de marzo de 1852

En cuanto la carta de su editor llegó a casa, se reunió con su esposo y, juntos, mientras tomaban un té, la leyeron con avidez.

> *Estimada señora Stowe:*
>
> *No podía dejar de escribirle para anunciarle que su libro ha sido todo un éxito. El primer día se vendieron tres mil ejemplares, estamos preparando una segunda edición y tengo la esperanza de que, antes de que termine el año, decenas de miles de personas habrán leído su querida historia. La cabaña del tío Tom es el libro más maravilloso que he publicado jamás.*
>
> *Suyo sinceramente,*
>
> *John P. Jewett*

Los esposos se miraron emocionados. Desde su unión, todo había sido penurias y sacrificios, apenas les llegaba para cubrir los gastos de su numerosa prole. La ayuda de los padres de Harriet había paliado un poco la situación, pero era un alivio verse al fin libres de la angustia y el sufrimiento que siempre produce la pobreza.

—¡Querida, esto es increíble! Dios ha bendecido tu trabajo, estás cambiando el mundo con tus hermosas palabras. A este ritmo se convertirá en el libro más leído de Nueva Inglaterra.

Ella sonrió, no podía creer lo que estaba sucediendo. Aunque era consciente de que Dios la había inspirado a escribir sobre ese tema, la llegada de aquel hombre a la iglesia fue decisiva. Ahora, el mundo conocería las penalidades del pobre Tom, que en cierto sentido representaba el sufrimiento de todo el pueblo.

Reunieron a la familia; sus hijos, repartidos entre el sillón, la alfombra y las sillas, los miraban impacientes. Calvin se unió a ellos, era el momento de Harriet y no quería acaparar protagonismo.

—Querida familia. Estoy muy agradecida a todos por su apoyo y ayuda, no hubiera podido escribir este libro yo sola. He tenido que pasar muchas horas encerrada en mi cuarto, he robado los momentos que ya no volverán a su lado. Me he sentido mala madre y esposa, la sociedad ha puesto sobre nosotras, las mujeres, una carga difícil de soportar. Nos ha enseñado que ser mujer es anularse como persona, pero el buen Dios nos creó iguales a los hombres, con el mismo corazón, la misma cabeza y la misma alma. Ahora que *La cabaña del tío Tom* está en la mente y en el corazón de tanta gente, me alegra pensar que otras mujeres se sientan inspiradas. Los protagonistas de mi historia son las mujeres, su poder para cambiar las cosas, la llave secreta del amor y el afecto, de la educación y el cuidado de los más débiles. Un día les tocará a ustedes luchar en la arena de la vida, pelear con todas sus fuerzas, pero les aseguro que, si dejan en manos de Dios las dificultades, él es fiel y justo para ayudarlos.

Los niños comenzaron a llorar emocionados y se abrazaron a su madre. Calvin los observó desde lejos antes de unirse, quería ver la gran estatura moral de su mujer. Se sentía un hombre afortunado; había perdido a su primera esposa, uno de los golpes más duros de su vida, pero Dios le había regalado a la mujer más valiente de América.

<hr />

El señor Haley tenía que hacer una parada antes de tomar el barco para Nueva Orleans. Había leído en el periódico sobre la venta de un lote realmente excelente de esclavos.

—Bueno, Tom —le dijo mientras dirigía el carro hacia la calle principal; después de dos días de viaje había permitido al viejo esclavo que se sentara a su lado—, vamos a reunir una gran cuadrilla. Cuando te venda junto a ellos triplicaré el beneficio. No te preocupes, serás un gran capataz, no te matarás a trabajar, podrás conseguir una nueva mujer y, si quieres, una nueva congregación. A los negros les gusta la religión. Dicen que es el consuelo de los tontos, pero yo creo en el Dios Todopoderoso. Cuando se acerque la muerte, arreglaré cuentas con él, pero antes intento ser lo más justo que puedo.

Lo miré con incredulidad; yo no era un negro tonto, la gente confundía la bondad con la estupidez, sabía que aquel hombre no era de fiar. Había aprendido que los peores amos eran los que tenían escrúpulos religiosos, verdaderos hipócritas que con una mano golpeaban a sus esclavos y con la otra se daban golpes de pecho.

Pasamos enfrente de la escalinata de los tribunales. Aquel lugar en el que debía impartirse justicia era el mercado improvisado de esclavos una vez al mes. Los pobres diablos que serían vendidos aquel día tenían la cabeza gacha, tal vez amedrentados por la muchedumbre que se reía, los niños que correteaban por la parte delantera y las señoras que se tapaban la nariz al pasar por su lado. Entre el grupo de desafortunados se encontraban un niño de unos nueve años y su madre Hagar.

Haley estaba en primera fila, mientras sus esclavos esperaban encadenados en el carro, vigilados por el capataz. El negrero se acercó al grupo de negros. Estuvo examinándolos como si se tratase de animales. Tras unos minutos ya tenía claro a cuáles se quería llevar.

—Pujaré por el chico y esos dos —le dijo al vendedor.

—El chico se encuentra en un lote con su madre —contestó señalando a una mujer muy delgada y demacrada.

—¿Esa? Es un saco de huesos, no pagaré un centavo por ella. Me interesa el chico.

La mujer levantó la cara por primera vez, miró desafiante al hombre y le dijo:

—Los dos vamos juntos, es mi único hijo con vida. Perdí al resto hace unos años...

—¿Tengo cara de sacerdote? No me importa tu vida, negra. Lo único que quiero es al chico, se convertirá en un buen bracero. Si lo quieres, será mejor que prefieras que lo compre yo, lo venderé a una buena plantación. En cuanto a ti, lo mejor que puedes hacer es morirte y dejar de ser una carga para todos.

Haley pujó por los hombres y el chico, después los ató y se los llevó hacia el carro. La madre corrió de la fila de los esclavos que aún quedaban por vender y se aferró a la pierna de su hijo.

—¡No, por favor! —suplicó con el rostro descompuesto por el dolor. Era lo único que le importaba en este mundo.

Haley la apartó de una patada, la mujer rodó por el suelo hasta desplomarse en medio de la calle. Un carro a toda velocidad pasó en ese instante y la arroyó. Hubo algunos gritos de horror. El cuerpo de la madre quedó cubierto de sangre. El hijo empujó a sus compañeros para acercarse a socorrerla, pero el negrero lo sujetó con fuerza.

—Esa vieja delgaducha ya está muerta.

El vendedor corrió hacia la mujer, indignado. Después se giró hacia Haley y le gritó:

—Tendrá que pagar el género dañado. ¡Es la ley!

—Yo no he dañado ningún género, esa negra estúpida se lanzó bajo el carro. Toda esta gente es testigo.

Entonces salté del carro y tomé a la mujer en brazos.

—¿Qué haces, estúpido? No es asunto tuyo.

No le hice caso, la coloqué con delicadeza sobre la acera. Todavía estaba viva.

—Cuide de mi Albert, es todo lo que tengo —logró decirme en un susurro.

Comencé a llorar, tenía una razón más para odiar a mi amo, aquel ser vil y cruel. Intenté calmarme, aunque sabía que la ira no era una sabia consejera. Me centré en la petición de aquella mujer y en el amor que sentí siempre por los que no tenían quién los defendiera.

—Descanse en paz, hoy mismo estará con su Señor. Él enjugará sus lágrimas, el sufrimiento ha terminado —le dije mientras expiraba.

Haley me golpeó con una vara en la espalda. Sentí el golpe, pero apenas me inmuté. Me levanté despacio y me dirigí al muchacho.

—Tranquilo, hijo, tu madre se encuentra en un lugar mejor.

El resto de los esclavos subió al carro. Durante los dos días de viaje que siguieron, apenas cruzamos palabra. La muerte parecía rondarnos como una niebla espesa que inquietaba el alma. Cuando llegamos al río Misisipi, el inmenso caudal apenas nos causó impresión. Nos dirigimos al puerto y contemplamos el flamante vapor La Belle Rivière. Era uno de los barcos más hermosos que había visto jamás. Las tres cubiertas estaban engalanadas con maderas blancas llenas de adornos. En la popa colgaba una gran bandera de Estados Unidos.

—Se quedarán donde las mercancías. Espero que se porten bien, estoy comenzando a perder la paciencia. Nada de caras largas, los negros se supone que siempre están contentos. Al mal tiempo, buena cara. Si no los escucho cantar ni los veo bailar, bajaré hasta aquí y los moleré a palos. No quiero que le amarguen el viaje a la buena gente de la cubierta superior. ¿Entendido?

Mis compañeros y yo lo miramos atemorizados, sabíamos que era muy capaz de cumplir su palabra. Cuando al fin nos quedamos solos, comenzamos a hablar entre nosotros.

—Dios mío, ¿qué hemos hecho para merecer esto? —dijo en voz baja un hombre llamado John.

—Nada, no hemos hecho nada. Dios no tiene nada que ver con ese malvado Haley. Él nos protegerá —contesté. Después comencé a hablarle de Dios y cantamos juntos algunos himnos.

Mientras intentábamos acomodarnos entre los fardos y los animales, los pasajeros del barco nos observaban desde sus mesas engalanadas repletas de manjares.

—Pobres esclavos —dijo un niño vestido de marinero. La abuela acarició su pelo rubio y lo miró con agrado.

—La esclavitud no es algo tan malo, seguro que vivían peor en África. Aquí tienen comida, se visten como cristianos y se les permite hasta aprender a leer y escribir —dijo una distinguida dama vestida de negro.

—Es cierto —añadió una joven que se dirigía al Sur para casarse con un reverendo—, son como niños, no sabrían qué hacer en caso de que se les dejara en libertad. Lo único bueno que podría pasar es que los devolvieran a África, creo que algunas sociedades los compran y los envían de vuelta.

Una madre con un bebé los miró con desprecio, se tapó la nariz e intentó que su pequeño no los mirase.

—Son como animales. Al menos, los tratamos mejor que a los perros. No tienen por qué quejarse.

—Usted que es madre, ¿cómo se sentiría si le quitaran a su bebé? Los negros también tienen sentimientos —dijo la anciana, abuela del niño rubio.

—¿Va a comparar nuestros sentimientos con los suyos? —preguntó un pastor todo vestido de negro—. Han nacido para ser siervos, como Canaán, que tuvo que servir a sus hermanos.

Un hombre alto, que había llegado unos minutos después con una niña de once años, lo observó con desprecio.

—¿Así es como interpreta la Biblia?

—Naturalmente, estudié tres años en el seminario y soy el pastor de la congregación más numerosa de Jackson.

—Entonces, usted que es muy versado en las Sagradas Escrituras, ¿cómo interpreta el texto donde dice que todo lo que quisieran que les hicieran los hombres a ustedes, eso es lo que deben hacer ustedes con ellos?

Antes de que pudiera contestar, una mujer negra llegó hasta el puerto y comenzó a gritar a los esclavos. Su marido, John, se encontraba entre ellos.

—¡Mi amor! ¿A dónde te llevan? Dios mío, ¿qué voy a hacer sin ti?

John se aproximó al borde de la cubierta, pero el capataz comenzó a golpearlo para que se alejara. A pesar de los golpes, logró agarrar las manos de su esposa.

—¡Atrás! —gritó furioso el capataz.

John no se inmutó, no sentía los golpes del cuerpo, aunque su alma se sacudía como si su corazón estuviera a punto de estallar.

El barco comenzó a moverse y la mujer no logró retener a su marido. Mientras el vapor se alejaba, los gemidos de la pobre esposa resonaban por la ciudad.

El hombre alto miró al tratante.

—¿Sabe que algún día pagará por todo esto?

—Lo único que hago es comprar y vender. Si yo no lo hiciese, otro lo haría por mí. Yo no he tenido una vida de privilegios como la suya —comentó dejando la mesa y dirigiéndose a su camarote.

La niña, que hasta ese momento había estado callada, miró a los esclavos y sintió una profunda desesperación por su sufrimiento. Tomó comida de la mesa, la envolvió en un pañuelo de seda y bajó a la cubierta inferior. La repartió entre mis compañeros y se lo agradecí con una sonrisa.

—Muchas gracias, señorita. ¿Cómo se llama?

—Evangeline —contestó la niña—, mi nombre es Evangeline St. Clare.

Capítulo XI

Los cuáqueros

Brunswick, Maine, 12 de mayo de 1852

La mujer dedicó el casi medio centenar de ejemplares que estaban apilados junto a su escritorio. Había preparado los sobres grandes para enviar su libro a las figuras más prominentes de Inglaterra. Temía que el gobierno de Estados Unidos lograra persuadir a los británicos para que permitieran la repatriación de los negros fugados. Algunos dirigentes de Canadá no querían problemas con su vecino del sur y despreciaban a los negros tanto o más que los esclavistas. El libro seguía vendiéndose por todas partes, había logrado vender varias ediciones y todo el mundo parecía hablar de él. La reacción en el Sur no había sido tan buena. Muchos criticaban su libro y la acusaban de exagerar las penalidades de los esclavos y convertir en un melodrama la vida de cientos de miles de personas.

Harriet sabía que aquel libro tenía una misión mucho más importante que entristecer o alegrar la vida de sus lectores. *La cabaña del tío Tom* debía despertar las conciencias adormecidas en su país, pero también en medio mundo. Por eso era tan importante que los principales dirigentes de Gran Bretaña lo leyesen. Entre las autoridades a las que estaba dirigido el libro se encontraba el príncipe Alberto, Lord Carlisle, muchos parlamentarios y otros miembros del gobierno.

La mujer se puso en pie, estiró la espalda y sintió de nuevo un pinchazo. En las últimas semanas había pasado muchas horas sentada en el escritorio. Ahora comprendía que la labor de un escritor era mucho más que escribir una novela y arrojarla al mundo.

Se acercó a la mesa y vio las críticas, muchas de ellas, feroces. Algunos periódicos acusaban a la escritora de oportunista, otros, de anticristiana y polémica. Casi todo el mundo se sentía ofendido, algunos por ser cuestionados en sus buenas intenciones, ya que Harriet ponía de manifiesto que muchos de los antiesclavistas eran racistas. Tampoco había gustado que el Norte saliera en la novela como cómplice del Sur, ni que se criticase a las instituciones republicanas o a los pastores protestantes que no denunciaban las injusticias de la esclavitud. Pero lo que pretendía sobre todas las cosas era que la gente comenzara a ver a los negros con más simpatía, dejando atrás sus prejuicios e ideas preconcebidas.

La mujer miró la carta de su editor, ya se habían vendido cinco mil copias y planeaba sacar una edición más ambiciosa y exportar libros al Reino Unido. Aún hablaba de la posibilidad de traducir la novela a varios idiomas.

Harriet sentía un hormigueo en el estómago, apenas podía creer lo que estaba sucediendo, a pesar de que aquel hombre, Sambo, ya le había advertido de que Dios se encontraba detrás de esa empresa.

Lo que más le dolía a la escritora era que muchos periódicos y grupos cristianos en el Sur atacaran la novela. No podía entender cómo, en nombre de Cristo, eran capaces de defender algo tan aberrante como la esclavitud. Aunque era consciente de que no todos los que se llamaban cristianos lo eran en realidad, también sabía que el diablo no estaba muy contento con aquella novela. Nada le gustaba más en este mundo que mantener a los hombres en la ignorancia más absoluta sobre el mal.

Eliza había recuperado fuerzas y, tras unos días en la casa del senador, la familia la había enviado a una comunidad cuáquera cercana. Todo el mundo sabía que la comunidad que más había luchado por la liberación de los negros en el país había sido este grupo cristiano, que desde su fundación había predicado activamente la tolerancia y el amor.

Los cuáqueros, capitaneados por William Penn, habían fundado la ciudad de Filadelfia y el estado de Pensilvania, con la idea de crear el primer lugar del mundo en el que nadie fuera perseguido por sus opiniones o creencias. Para muchos norteamericanos, los cuáqueros eran un grupo demasiado radical y puritano, pero en el fondo guardaban la esencia de la Reforma protestante radical y su deseo de aplicar las leyes del reino de Dios en la tierra.

Eliza y su hijo fueron acogidos con cariño. Las mujeres de los cuáqueros los cuidaron como si formaran parte de la familia. Rachel Halliday era una mujer cariñosa y hospitalaria, Eliza jamás había conocido a nadie como ella. Rachel la trataba como si fuera su propia hija.

—Espero que te encuentres como en casa, pueden quedarse todo el tiempo que necesiten.

—Gracias, señora, pronto partiremos para Canadá.

—¿Canadá? ¿Tan lejos?

—Ya no hay ningún sitio seguro en Estados Unidos, esas leyes perversas nos convierten a todos los fugados en delincuentes.

—Lo sé hija, y supuestamente a mí también, por ayudarte. Las cosas tienen que cambiar, este país se aleja cada día más de Dios y eso tendrá sus consecuencias.

Eliza miró hacia su hijo, que jugaba en el suelo con unos sencillos juguetes de madera. Alguien llamó a la puerta y Rachel le dijo que pasara.

Una mujer pequeña, vestida con el mismo traje austero de los cuáqueros, entró. Les sonrió y se sentó junto a la dueña de la casa.

—¿Dónde está tu hija?

—Ahora viene con el pequeño, quería ver a su esposo, que está trabajando en la granja.

Un par de minutos más tarde Mary, la hija de Ruth, entró en la casa con su bebé en brazos. Se puso a preparar un poco de té y al regresar observó con cierta intriga a la desconocida.

Mary sirvió el té y después puso sobre la mesa unas galletas deliciosas que había hecho la dueña de la casa. Estaban tomando la merienda cuando apareció Simeon, el esposo de Rachel.

—Señora, ¿cómo se llamaba su marido? —le preguntó el hombre mientras se quitaba el sombrero de paja.

—Harris, George Harris —contestó sin evitar estremecerse.

—Me han dicho que hoy mismo lo traen de la colonia.

Eliza sonrió emocionada, aquella era la mejor noticia que había escuchado en años.

—¿Seguro que es él? —le preguntó al hombre para asegurarse.

—Sí, es tu esposo —aseguró el cuáquero.

Rachel se puso en pie y tomó las manos de la mujer.

—Tu George ha logrado escapar de la esclavitud, alabado sea Dios.

Aquella noche, Eliza durmió por primera vez de un tirón, sin los temores y agobios de sus días de fuga. Harry tampoco se levantó sobresaltado, acuciado por los temores y las pesadillas. Los dos se dirigieron a la cocina, pero George no había llegado todavía. Tomaron un desayuno ligero, mientras Rachel preparaba el almuerzo.

—Tranquila, niña, no tardarán en llegar, la lluvia tiene los caminos encharcados.

Eliza miró al niño y después tomó un poco de té. Aún no se creía que fuera a ver a George. Cuando escapó de casa sentía que Dios la iba a ayudar, pero que los tres hubieran escapado ilesos la emocionaba profundamente.

Escucharon pasos en la entrada, el corazón de Eliza parecía salírsele del pecho. No podía creer que los dos hubieran escapado de aquel infierno y estuvieran sanos y salvos.

El primero en entrar fue su esposo. Al principio no lo reconoció, iba con un traje elegante y limpio. Su tez clara parecía resaltar con la camisa impoluta de color blanco. Tenía el pelo cortado y el mentón recién rasurado. Se lanzó sobre él y comenzó a besar sus mejillas. El hombre se quedó unos segundos paralizado, le parecía estar viviendo el mejor de los sueños.

—¡Dios mío! ¡Es un milagro! ¡Dios nos ha bendecido! —exclamó la mujer, totalmente fuera de sí.

El niño comenzó a llorar, parecía más confuso que alegre al ver a su padre.

George intentó aguantar las lágrimas, pero al verse de nuevo junto a su familia supo que la vida cobraba otra vez sentido.

—Este generoso señor me ha traído hasta aquí. A partir de ahora viajaremos juntos. Prometo no separarme de ti jamás. En unas semanas llegaremos a Canadá y podremos comenzar una nueva vida. Este país no tiene nada que ofrecernos. Ojalá en el futuro las cosas cambien, pero, mientras en Estados Unidos un ser humano pueda ser vendido como un objeto y se le trate mucho peor que a una bestia, aquí no habrá futuro para nosotros.

El hombre se agachó y extendió los brazos. El niño corrió hacia él.

—¡Papá! —gritó con los ojos cubiertos de lágrimas.

Por primera vez se sentían seguros, sin la terrible sensación de que podían separarlos en cualquier momento, que sus vidas no tenían ningún valor y que no podían hacer nada para cambiar su destino. Mientras los tres se fundían en aquel tierno abrazo, mi futuro se debatía en un barco. ¿Qué habría ocurrido si la pequeña Eva no se hubiera fijado en mí? A veces, los miembros más pequeños del cuerpo, aquellos que apenas parecen significar, son los que honran a todo el cuerpo cristiano.

Eliza, George y su pequeño aún tenían que pasar una dura prueba, pero la felicidad logra hacernos creer por un momento que ya nada puede salir mal, que la desgracia o la congoja que alcanza a los otros jamás nos atrapará a nosotros en sus terribles redes de desesperación. El destino parece jugar a los dados con los ojos cerrados, pero Dios Todopoderoso controla el futuro de los hombres, aunque a veces nos cueste creerlo.

Capítulo XII

Un nuevo hogar

Seminario Teológico de Andover, Massachusetts, 5 de septiembre de 1852

Una nueva mudanza en un momento como este era lo último que Harriet quería. Cada vez que tenía que mover a sus seis hijos y trasladar las pertenencias que habían acumulado en todos aquellos años de matrimonio, junto con los recuerdos, que parecían pesar mucho más que los paquetes con libros, notaba que el camino recorrido la alejaba de su hijo muerto, de la joven ilusionada que creía que podría cambiar el mundo y de la devota esposa y cristiana que siempre se había sentido. La ciudad era más grande que Bowdoin, en Maine, algo menos provinciana, pero mucho más adusta. Se enorgullecía de ser una de las primeras ciudades puritanas del país junto a Salem, que todo el mundo conocía por la persecución a un grupo de jóvenes acusadas de brujería.

Calvin parecía muy contento con su nuevo puesto en el seminario y, para ella, el cambio significaba tener que reorganizar su apretada agenda y continuar disfrutando del éxito de su novela, aunque la polémica la perseguía dondequiera que iba. El primer domingo que visitó la iglesia, la mayoría de los fieles la observaba con cierta curiosidad y algunos con verdadero desprecio. Calvin le comentó que se irían enseguida, pero tras el sermón muchas personas se acercaron a hablar con él. Los niños jugaban fuera, en el jardín, y ella se quedó en un rincón, con la mirada perdida y como si estuviera en un país extranjero. Había logrado entablar algunas amistades en Maine. Normalmente era una persona extrovertida, llevaba toda la vida mudándose de ciudad y de estado, ya que su padre era un famoso profesor y predicador, y conocía tantas iglesias que, si le hubieran pedido escribir un vademécum sobre ellas, habría completado el censo de muchos condados de Nueva Inglaterra. Ahora era diferente. Ya no pasaba desapercibida, invisible por su condición de mujer, de madre y señora decente. La mayoría no se fijaba en personas como ella. Simplemente esperaban que tuvieran muchos hijos, permanecieran a la sombra de sus maridos y supieran envejecer con cierta dignidad. Sabía que eso no iba con ella, pero al mismo tiempo le permitía dedicarse a lo que más le gustaba sin que nadie se metiera con ella. En los últimos meses se había convertido en el centro de las iras de sureños enfurecidos por verse reflejados en una novela dramática y demasiado realista. Esas iras estaban demasiado inflamadas como para simplemente conformarse con ignorarlas. El éxito, según sus editores, continuaba. En pocos meses se había convertido en el libro más leído del país y, si las cosas seguían igual, sería uno de los más vendidos de las últimas décadas.

Una señora rubia de aspecto distinguido se acercó por su espalda, sin que Harriet lo advirtiera hasta que se dirigió a ella con un tono agradable.

—Señora Beecher, es para mí un honor conocerla en persona. Mi nombre es Sara Ferguson, nací en el Sur, pero cuando me casé terminé aquí. No es una ciudad con mucha clase, la gente continúa con la típica mentalidad puritana. Aunque le aseguro que no he conocido a nadie más vanidoso que un puritano —bromeó la mujer.

—¿De veras? —le contestó, divertida, Harriet. Le fascinaban las personas sofisticadas, que de alguna manera se separaban del camino trillado de la mayoría.

—Se lo aseguro. Esa forma de llevar la ropa, midiendo el escote, el sombrero, hasta la obsesión por la ropa interior que nadie verá jamás. La felicito por lo que ha logrado.

—Gracias, aunque no creo que haya logrado nada en especial —le contestó sinceramente. En ella no era falsa modestia, simplemente todavía no era capaz de entender la dimensión que estaba tomando su libro. El éxito es siempre sorpresivo para las personas inteligentes; el resto es tan vanidoso que tiene la sensación de que tarde o temprano debía llegarle.

—¿Bromea? Ha sacado a las mujeres de las catacumbas, y no me refiero a las que servían para ocultarse a los primeros mártires de la iglesia, me refiero a las catacumbas de las cloacas, del subsuelo, del inframundo. Sus personajes son majestuosos, humanos y, sobre todo, tienen una fuerza increíble. Se nota enseguida que quería transmitir la superioridad moral de las mujeres frente a los varones. Mi marido es el juez del condado y está entusiasmado con su libro, llevamos décadas hablando de este tema.

—Qué interesante.

—Siempre me comenta lo mismo. ¿Por qué apenas uno entre cien delincuentes es mujer? Las pocas que pasan por su juzgado han sido inducidas por los hombres a la prostitución o el robo. Durante siglos se nos ha acusado de introducir el mal en el mundo, y lo único que hemos hecho desde que Dios nuestro Creador nos sacó de la costilla de Adán ha sido intentar que este mundo fuera un lugar mejor.

Harriet esbozó una leve sonrisa. Calvin y ella hablaban continuamente de lo mismo, aunque su esposo, como teólogo, parecía tener siempre una razón académica para no reconocer lo evidente.

—Simplemente quería reflejar la terrible lacra de la esclavitud. Mis personajes están inspirados en personas reales. Su fuerza nace de la determinación de una madre, del amor de una hija o de la pureza de una niña. No hay mérito, le repito.

—Usted también está contagiada de ese espíritu puritano, aunque no lo crea.

—Me crie en el Oeste, en un mundo muy diferente a este. Allí, sobrevivir entre pistoleros, alcohólicos y aventureros era siempre un acto de la divina providencia —le dijo sin poder dejar de reír. Llevaba mucho tiempo castigándose a sí misma, culpándose por la muerte de su hijo, con el que seguía hablando en su mente, aunque se lo ocultara al mundo. Seguía quejándose de no tener más tiempo para escribir, sintiéndose insignificante—. Me educaron para que no me alabase a mí misma. «Alábete el extraño y no tu boca».

—Proverbios 27, verso 2. Querida amiga, no se está alabando a sí misma, la estoy alabando yo. Lo que ha hecho es increíble.

—Gracias de nuevo.

Calvin logró liberarse de los últimos feligreses y llegar en rescate de su esposa, pero, al verla tan alegre y sonriente, se quedó sorprendido.

—Ha conseguido hacer reír a mi mujer, eso es más de lo que yo he logrado en mucho tiempo.

—Ella me hizo llorar con su libro, se lo debía.

—Lo lamento —se excusó Harriet.

—Hay un tipo de lágrimas que son sanadoras porque limpian el alma y nos hacen ver las cosas con más claridad. Usted ha conseguido producir en mí ese efecto. Con la edad, nos hacemos más insensibles, más cínicos y descreídos, su novela me ha devuelto la fe en los demás, pero sobre todo en Dios.

—Me encantaría que viniera a tomar el té a mi nueva casa. Es modesta, pero estaríamos encantados de recibir a su esposo el juez y a usted.

—Será un honor, pero les advierto que mi esposo y yo la acribillaremos a preguntas sobre el libro.

La mujer se alejó de la pareja. Su porte elegante destacaba del resto de los feligreses. Harriet buscó a sus hijos y todos se dirigieron hasta la casa. Mientras el carruaje cruzaba las calles, la fina brisa del océano refrescaba aquella tarde calurosa. Recordó el libro, la llegada de Tom a la casa de Eva y la misteriosa y mágica amistad que surgió entre dos personas tan distintas, pero con almas tan cercanas. Se sintió igual con la mujer del juez, ambas eran personas casi opuestas, pero algunas veces los seres humanos encuentran otra alma gemela que los ayuda a sentirse parte de algo y quitarse los pesados ropajes de la soledad y la incomprensión.

⚜

«Los ángeles existen y habitan entre nosotros», pensé al conocer a la señorita Evangeline. Era demasiado buena para haberse criado en un lugar donde los hombres y las mujeres son juzgados por el color de su piel y no por el de su alma.

Al día siguiente de la partida del barco estábamos algo más conformes con nuestro triste destino. Intentaba reconfortar a mis compañeros, desde mi conversión siempre tuve la misión de consolar al cansado y animar a los que se encontraban sin aliento, que, entre los de mi nación, eran casi todos. La esclavitud es una de las plagas más terribles de la humanidad.

—Amigos, igual que Dios liberó a los israelitas de la mano de Faraón, también lo hará con nosotros.

Uno de los nuevos compañeros, que siempre me miraba con el ceño fruncido, furioso ante mi pasividad e intentos de apaciguar a los otros, me dijo:

—El verdadero problema de nuestro pueblo son los negros como tú. Piensas que servir a tu Dios es portarse bien con los que nos oprimen.

—¿Acaso no dice eso la Palabra de Dios?

—Ese es un libro escrito por los blancos. Mis dioses son africanos como yo —contestó con una mirada de desprecio.

—Dios no es de blancos o negros, es el padre de todo el que lo acepta para ser su hijo. Yo soy el hijo de un Rey y heredero para toda la eternidad. No puedes entender mi actitud porque no eres hijo del mismo Rey. Este mundo lo gobierna el diablo, y los que apoyan este sistema son sus hijos —le contesté sin alterarme.

—Entonces, tú eres un hijo del diablo, porque apoyas la esclavitud siendo un buen y fiel esclavo.

—Yo no apoyo a los amos, trabajo para Dios. Esa es mi labor, este mundo y sus deseos son pasajeros, pero el que viene es eterno y nuestro amado Jesús juzgará el corazón y las obras de los hombres.

—Eres un cobarde —dijo y después me escupió.

—Puede que para gente como tú el ser fiel a Dios sea cobardía, lo entiendo. Antes de hacerme cristiano era como tú. ¿Qué crees que sería mejor? ¿Levantarse en armas como en Haití? ¿Asesinar a los amos y violar a sus mujeres? ¿No nos convertiría eso en algo igual o peor que ellos?

—Ellos violan a las nuestras, las usan como sus prostitutas. ¿Qué diferencia hay? Ojo por ojo y diente por diente.

En ese momento, Evangeline se acercó a nosotros. Vio mi ceño fruncido y me puso una mano en el hombro.

—¿Estás bien, Tom? No quiero verte triste. Tú eres el que anima siempre a los demás.

—No somos perros, damita blanca —dijo el hombre con el que había estado discutiendo. En ese momento, una ira que hacía mucho tiempo que no sentía me invadió por completo. Me puse en pie, él me imitó. Le sacaba más de una cabeza y mi cuerpo, aunque más viejo, era el doble de musculoso.

—No te enfades, Tom. Las personas heridas intentan muchas veces, sin querer, hacer daño a otras. Mi madre es como este hombre.

El esclavo se quedó sorprendido por las palabras de la chica. Evangeline se dio la vuelta y, al tropezar con una cuerda, se cayó al agua.

Todos nos quedamos petrificados y nos asomamos a la cubierta. La niña no aparecía por ninguna parte, hasta que de repente resurgió de las aguas turbias del río.

No era un gran nadador, pero no lo pensé dos veces, me lancé por ella. La corriente la alejaba del barco y tuve que emplear toda mi fuerza para alcanzarla. Evangeline me miró con su rostro de pánico. Intenté que se diera la vuelta para sacarla agarrada a mi espalda, pero ella se asió a mi cuello.

—Tranquila —le dije, aunque su fuerza me hundía. Rogué a Dios que nos ayudara en tan difícil trance y noté que algo me golpeaba la espalda. Era una gruesa soga que el esclavo me había lanzado. Me aferré a ella y todos mis compañeros comenzaron a tirar con fuerza.

Poco a poco, a pesar de la fuerza del agua, logramos acercarnos a la embarcación. En cuanto logré alcanzar el costado, alcé la mano. El hombre la atrapó y tiró de los dos hacia arriba. Salimos del agua empapados, tiritando y tosiendo. Uno de mis amigos nos puso un par de mantas, mientras los blancos en la cubierta superior se arremolinaban para ver lo sucedido. La mayoría no se había dado cuenta de lo ocurrido hasta que el padre de Evangeline dio un salto y se acercó hasta nosotros.

—¡Dios mío, Evangeline! ¿Estás bien?

La niña afirmó con la cabeza, ya se le había pasado un poco el susto. El hombre la levantó y la tomó en brazos, a pesar de que ya no era una niña pequeña. Mientras el padre se llevaba a su hija, el señor Haley vino corriendo; llevaba un puro encendido y lo seguían sus dos capataces.

—¡Malditos negros! ¿Acaso no puedo descansar un momento sin que hagan una de las suyas? Son peores que niños traviesos, son malas bestias —dijo mientras blandía un látigo y comenzaba a golpearnos.

—Amo, estos hombres no tienen la culpa —le dije, levantando los brazos, pero él no hizo caso, continuó pegándonos, hasta que el esclavo con el que habíamos discutido agarró la punta del látigo y tiró de él, derribando al negrero.

—¡Maldito mandingo! Me las vas a pagar todas.

El esclavo era consciente de que lo único que podía esperar era una terrible paliza, por lo que se lanzó al agua y comenzó a nadar con fuerza. El señor Haley pidió su rifle a gritos. Intentó alcanzar al hombre, aunque ya se encontraba demasiado lejos para acertar.

—¡Que paren el barco! —bramó.

Los mismos curiosos que unos minutos antes miraban el rescate de la niña se volvieron a asomar a la cubierta, entre ellos Evangeline y su padre.

El esclavo estaba cerca de la orilla cuando vimos que un gran cocodrilo nadaba hacia él.

—¡Dios mío! ¡Ten cuidado con el caimán! —le grité.

—Estoy a punto de perder un par de cientos de dólares, pero miraré con gusto cómo devoran a ese malnacido —dijo el negrero a mi lado.

Me costaba pensar cómo un hombre podía ser tan malvado. Lo hubiera arrojado a los cocodrilos allí mismo, sabiendo que hacía un bien a la humanidad. Pero la ira del hombre no obra la justicia de Dios.

—¡Dios mío, protégelo! —rogué en alto, mientras el resto de los esclavos gritaba para atraer al cocodrilo.

El hombre intentó nadar con más fuerza, pero el reptil se movía a una velocidad increíble. El pobre se giró para intentar defenderse, pero las terribles mandíbulas de aquel ejemplar gigantesco lo partieron en dos. En apenas unos minutos, media docena de cocodrilos habían devorado el cuerpo.

La gente no tardó en regresar a sus camarotes o al salón, nosotros miramos fijamente la mancha de sangre en el agua y los restos de nuestro desgraciado compañero.

—Si continúan desobedeciendo, ese será su destino —dijo el señor Haley, sonriente. Después se fue con sus dos compinches a la cubierta de los blancos.

Me senté en un fardo con la cabeza entre las manos. Estaba furioso, no entendía por qué Dios permitía tanto dolor. Los perversos parecían salirse siempre con la suya.

Mientras yo reclamaba a Dios por lo sucedido, él ya estaba trazando un plan para rescatarme de las fauces de aquel hombre feroz. El señor St. Clare se encontraba en su camarote hablando con su hija.

—Entonces, ¿eso es lo que ha sucedido? —le preguntó cuando su hija había concluido el relato.

—Sí, ese pobre hombre ayudó a Tom, que saltó al agua a rescatarme.

—Ya no podemos hacer nada por él. Lo siento mucho, hija. Ya te he comentado muchas veces que no vivimos en un mundo justo.

—Eso es cierto, padre, pero pueden hacer algo por convertirlo en un lugar un poco mejor.

—Mis tiempos altruistas pasaron. Lo único que podemos hacer en este mundo es sentarnos y observar. Me conformo con que tú estés bien, eres lo único que me importa en este mundo.

Su hija lo miró con sus ojos grandes y expresivos, para ella era el mejor padre del mundo. Su madre siempre estaba quejándose de mil y una enfermedades inventadas por su mente, pero él había pasado noches enteras en su cama cuando ella estuvo enferma de aquellas extrañas fiebres. Él es el que la había llevado al norte para que la examinaran. Tenía un gran corazón, pero vivía en un mundo que odiaba, aunque se sentía parte de él.

—Puedes hacer algo, padre, puedes comprar a Tom.

—Ya sabes que yo no compro a esclavos. Los que conservamos en nuestra casa es por necesidad, aunque intento mantenerlos en las mejores condiciones. Le vendí todas las tierras a tu tío para no hacer sufrir a más gente.

—Tom me ayudaría, necesito alguien que esté conmigo.

—¿Tom se llama el hombre? Él no es una doncella ni una dama de compañía.

—Es cierto, pero es un buen cristiano.

—Ya sabes lo que pienso de los cristianos, son todos unos hipócritas.

—¿Yo te parezco una hipócrita?

El hombre la observó sorprendido.

—Claro que no, cariño. Tú eres un ángel.

—No soy un ángel, pero tienes que comprar a Tom y arrancarlo de las manos de ese hombre malvado.

El señor St. Clare no podía negarle nada a su hija. No le iba muy mal económicamente gracias a la inversión de sus ahorros, pero tampoco le sobraba el dinero. Ya no tenía la mitad de la plantación de su padre y los gastos de la gran casa eran muy numerosos, por no hablar de la derrochadora de su esposa. Gracias a Dios, su prima Ophelia estaba ahora a cargo de la casa y habían logrado moderar los gastos.

—Está bien, hablaré con ese negrero. Aunque te aseguro que no es nada grato.

El hombre dejó a la niña a solas y se dirigió de nuevo a cubierta. No tardó en encontrar al señor Haley aferrado a una botella de alcohol.

—Buenas tardes, ¿es usted el dueño de esos esclavos?

El negrero esbozó una sonrisa tan repugnante que el señor St. Clare pensó en escupirle en la cara. El señor Haley estaba a punto de hacer una gran venta.

—Siéntese, ¿quiere que hablemos de negocios?

El caballero se puso en la silla de al lado, aunque un poco apartado, como si temiera que aquel hombre pudiera pegarle su inmundicia.

—¿Cuánto me cobraría por el negro grande?

—¿Se refiere a Tom?

—Sí, es un hombre algo viejo, espero que le ponga un precio razonable.

—Es viejo pero sabio, capaz de ayudar a un buen amo en la organización de una finca. Además, es pacífico y obediente, un producto exclusivo del que quedan muy pocos ejemplares. Ya me entiende, ahora los negros son arrogantes, muchos se escapan para huir a Canadá, uno ya no puede fiarse de ellos. Además, está mal visto maltratarlos. ¿Cómo vamos a educarlos si cada vez hay más leyes que los protegen? Antes uno podía matar a su esclavo sin dar explicaciones, ahora hay que rellenar un papeleo horroroso y dar una razón de la muerte.

El caballero se movía inquieto en la silla. Una cosa era comprar un esclavo a ese hombre y otra muy distinta tener que soportarlo.

—Diga una cifra.

El negrero añadió varios ceros en un papel y se lo entregó.

En ese momento llegó su hija. El padre pareció dudar.

—¿Por qué debería pagar esta cantidad por el viejo Tom? —preguntó al negrero.

—Tom es un predicador, un buen cristiano. Nunca se le rebelará, podrá confiar en él.

—¿Para qué sirve un negro predicador? —preguntó enfadado el caballero.

—Conviértalo en su capellán —bromeó Haley.

Evangeline se abrazó a la espalda de su padre.

—Vamos, papá.

—¿Para qué quieres a un esclavo como Tom?

—Deseo hacerle feliz.

—¿No le parece una noble causa? —se burló el negrero.

El señor St. Clare le entregó la suma de dinero y le pidió que le firmara un contrato. Al día siguiente, el barco llegaba a Nueva Orleans.

Allí se apearían para dirigirse a sus tierras. Mientras firmaba el contrato se consoló pensando que, al menos, yo los ayudaría con el equipaje.

Padre e hija fueron a la cubierta inferior, la joven movía con alegría un papel. Al principio no imaginé de qué se trataba. Estaba resignado a caer en una terrible plantación del Sur, pero Dios tenía otro plan para mi vida.

—Tom, te vienes con nosotros.

No comprendía lo que quería decirme.

—¿Cómo, señorita?

—Te hemos comprado, ahora vivirás en nuestra casa, y no te preocupes, yo cuidaré bien de ti.

La chica me tomó de la mano. Por primera vez en mucho tiempo, sentí una mezcla de amor y tristeza tan fuertes que apenas pude contener las lágrimas. Una vez más, era vendido como un animal, condenado a obedecer la voluntad de mis nuevos amos, pero al mismo tiempo sabía que junto a Evangeline cumpliría una nueva misión para Dios, y eso me reconfortaba.

Acudió a mi mente la letra de un himno:

No lo que yo quiera ser, ni a donde quiera ir,
quién soy yo Señor, mi camino a elegir.
Mi Dios responderá, él sabe lo mejor,
donde quieras que vaya yo iré.

~~❧~~ Capítulo XIII ~~❧~~

El encuentro

Seminario Teológico de Andover, Massachusetts, 8 de enero de 1853

Harriet dejó la carta sobre su escritorio. Se sentía muy emocionada por lo que le contaba su hermano Henry. Una familia de esclavos de Washington, compuesta por Peter y sus dos hijas, Mary y Emily, había conmovido a la congregación de Plymouth, donde Henry había contado la emotiva historia. El señor Peter, después de escapar del Sur, estaba intentando reunir unos 2.500 dólares para liberar a sus hijas que aún estaban esclavizadas en Nueva Orleans. Después del sermón, la congregación en pleno se había volcado a ayudar a las dos pobres mujeres. Aquella noche reunieron la suma necesaria y se la entregaron a su padre. Desde su liberación en 1848, Harriet se había comprometido a sufragar los gastos de las dos chicas para que recibiesen una educación adecuada. A los Stowe les había costado mucho reunir el dinero necesario, pero, tras la llegada de las regalías de *La cabaña del tío Tom*, su situación económica era mucho más holgada.

En la primavera del año anterior, otra madre con dos niños pequeños había llegado a Nueva York, justo mientras Harriet visitaba a su hermano. Fue una escena tan dramática que seguía muy viva en su memoria.

La primavera en la ciudad era algo gris, pero mientras caminaba por Central Park tenía la sensación de encontrarse en medio de uno de los hermosos bosques de Nueva Inglaterra. Al regresar a la casa, vio a una mujer que debía de tener más o menos su misma edad, pero con la apariencia de una anciana, debido a su fatigosa y triste vida.

—¿El señor Stowe vive aquí? —le preguntó de una forma tan desesperada que Harriet la ayudó a levantarse del suelo donde estaba sentada y le pidió que entrase en la casa.

—¿Desde dónde viene? —inquirió mientras le preparaba un té.

—Desde Misisipi, llevo dos duras semanas de camino. Mis hijos están en una situación terrible. Mi familia vive en el peor de los lugares. Nuestra plantación es el infierno en la tierra. Mi hijo se encuentra tan débil que no resistirá otro verano, por no hablar de mi desgraciada hija, a la que, al ser muy bella, el amo la ha tomado como una de sus amantes. Mi marido y yo llevamos años intentando reunir dinero suficiente para liberarlos, pero es imposible con lo poco que logramos ahorrar.

Harriet notó cómo se le hacía un nudo en la garganta. Tenía ante sus ojos lo mismo que había descrito en su novela. El drama de Tom era tan común que millones de esclavos sufrían situaciones muy parecidas, sin esperanza de que las cosas cambiasen.

—Sacaremos a sus hijos del Sur, pero también los liberaremos a ustedes. Ellas necesitan a sus padres a su lado —les dijo, aunque no tenía dinero suficiente para pagar una cantidad tan alta. Pero aquella vez, como mientras escribía su novela, tuvo el convencimiento de que Dios estaba detrás de aquella causa.

Ahora su hermano le informaba en una carta que ya habían reunido el dinero para casi la mitad de la familia. Al día siguiente llegaría la señora Edmondson, la mujer esclava, y lo acompañaría a dos iglesias para intentar conseguir el resto.

Ahora que la historia de Tom, George y Eliza circulaba por la mayoría de las ciudades de Estados Unidos, sabía que el corazón de toda una nación estaba a punto de entregarse a aquella noble causa y que el poder de las palabras tenía la capacidad de cambiar el mundo por completo.

Me alegró tanto saber que George y su amada familia estaban a punto de escapar del peligro gracias a los cuáqueros que me quedé asustado cuando un amigo me escribió desde mi antigua casa para relatarme lo sucedido justo cuando se dirigían hacia Canadá.

En la casa de los cuáqueros en la que se habían guarecido, la señora Rachel Halliday se afanaba en guardar las provisiones para el viaje de la familia. Rebuscó los alimentos más perdurables, que pesasen poco y se transportaran con facilidad. Después salió de la cocina y se dirigió hacia el dormitorio. La familia tenía todo recogido y ordenado. Nunca había visto a una mujer tan prudente, limpia y colaboradora como Eliza. Su esposo estaba sentado en la cama con el niño en las rodillas. Antes de pasar, los contempló unos momentos. Esa era una de las razones por las que se consideraba seguidora de Cristo. Sabía que Dios tenía un plan para cada persona y que, por debajo de los reinos de este mundo, de una forma casi secreta, el reino de Dios crecía de día en día.

—Ya está todo listo —les anunció sonriente.

—Muchas gracias por su hospitalidad —dijo Eliza, emocionada.

La mujer se acercó a ella y la abrazó. Al principio se sintió incómoda, casi como si hubiera salido de su cuerpo y se observara desde lejos. Nunca una mujer blanca la había abrazado, ni siquiera su señora, a la que tenía en gran aprecio. Para la mayoría de los blancos, el color de su piel era lo mismo que estar leprosa, una especie de enfermedad que podía contagiarse.

—¡Dios mío, voy a orar mucho por ustedes! Espero que el Señor los guarde y pronto estén en un lugar seguro.

—No podremos pagarle jamás lo que ha hecho por nosotros —dijo George mientras se ponía en pie.

—¿Pagarme? No hay mayor recompensa que ver la sonrisa de su esposa y de su hijo.

—Espero que su ayuda no le cause problemas con las autoridades —dijo George mientras tomaba el petate con la comida.

—Soy ciudadana de una nación universal y santa. Dios me ha permitido ser norteamericana y lo aprecio, pero mi verdadero hogar está en los cielos. Ustedes forman parte de mi familia.

George se sentía tan emocionado que en aquel mismo instante habría entregado su vida a Jesús.

—Creo que tenías razón. Dios nos está ayudando en todo este asunto —le dijo el hombre a su mujer.

Ella lo miró sorprendida de que en apenas unos días su esposo estuviera tan cambiado. Eliza era consciente de que la esclavitud mantenía a la mayoría de los hombres tan furiosos que la sola mención del cristianismo les parecía una forma de claudicación.

Simeon entró en la habitación acompañado de otro hombre. Su rostro parecía algo preocupado.

—¿Qué sucede? —le preguntó su esposa.

—Phineas escuchó algo anoche que me ha dejado inquieto, pero será mejor que lo cuente él mismo.

El hombre avanzó un paso y se puso en medio del grupo.

—Ayer estaba en el camino, llevaba mucho tiempo en pie y decidí descansar entre unos arbustos. Al rato escuché voces, me quedé quieto, tapado con una piel de oso muy mullida. Aquellos hombres estaban hablando de los Harris. Están buscando a la familia entera y alguien les ha comentado que se encontraban en nuestra comunidad.

Raquel se puso las manos sobre sus mejillas sonrosadas, parecía como si toda su alegría hubiera desaparecido en un instante.

—Tienen que marcharse de inmediato. Antes de que se ponga el sol, esos hombres son capaces de hacerles cualquier cosa.

George parecía tenso, con los hombros echados para delante y el ceño fruncido. Eliza lo sujetaba por la cintura.

—¿Qué vamos a hacer, George? —le preguntó, confusa, temía que su esposo tomara una decisión drástica.

—Tengo un arma y no voy a consentir que le pase nada a mi familia.

—Sería un error matar a esos hombres; eso en el caso de que lo consiguieras. Ellos manejan mejor sus armas. Si los asesinas, una partida saldrá por ti y te colgarán. Sin contar lo que pueden hacerle a tu familia —comentó Simeon.

—¿Qué haría usted en mi situación? ¿Acaso no protegería a su familia?

—Espero que Dios no permita que me encuentre jamás en esa situación, pero podemos ayudarlos a escapar. Todavía no ha llegado esa gente y nosotros conocemos el camino mejor que nadie.

George se quedó pensativo. Estaba cansado de huir como un perro, pero sabía que los cuáqueros tenían razón. No habría un juicio justo ni un ápice de misericordia para un asesino negro, aunque los hubiera matado en defensa propia.

—Mandaré a un vigilante a la entrada de nuestra aldea. Si esos hombres se aproximan, nos avisará. Confía en Dios, no olvides que hasta aquí los ha protegido.

Los hombres prepararon todo. Apenas media hora más tarde, ya habían salido al camino. Raquel les había regalado unas pieles de búfalo para que fueran tapados en el carruaje. Los dos cuáqueros estaban sentados delante.

—Muchas gracias por su amor y hospitalidad —le dijo Eliza a la mujer.

—Dios los bendiga. Si no nos vemos en esta vida, les aseguro que lo haremos en la venidera. Esta pequeña tribulación que están pasando no será nada comparada con las bendiciones que Dios les tiene preparadas. Pasaré las próximas horas orando por ustedes. Si logran cruzar el desfiladero, esos hombres no les podrán hacer daño.

Al lado de la familia había un joven llamado Jim, que había escapado con su anciana madre. George lo conocía bien, sabía que estaba tan desesperado como él.

—¿Llevas el arma?

—Sí, George. No dudaré en utilizarla si es necesario. Nunca más dejaré que me traten como un animal.

Se pusieron en marcha, pero, antes de que se hubieran alejado un poco, se escucharon los cascos apresurados del vigía.

—Señor, están muy cerca, deben salir ahora.

Simeon animó a Phineas a que se apresuraran.

—No creo que lo consigamos por el camino, debemos ir por el desfiladero —comentó el cuáquero.

—Ese sendero es muy peligroso, sobre todo para gente anciana y niños pequeños —observó Simeon.

—No nos queda otra alternativa —dijo mientras ayudaba a la madre de Jim a bajar del carro.

El grupo salió del camino y tomó un sendero angosto. A los pocos minutos, Simeon y su esposa los habían perdido de vista.

—¡Dios mío! —exclamó la mujer, angustiada.

—No te preocupes, los cristianos estamos acostumbrados a los caminos angostos. Los anchos siempre llevan a la perdición.

~&⊃Capítulo XIV⊃&~

Un hombre libre

Pearl of Orr's Island, Maine, 20 de mayo de 1853

N ecesitaban unos días solos. Harriet quería escribir de nuevo, su esposo había decidido acompañarla. La isla era pequeña, un pedazo de tierra en una zona fría y de fuertes vientos, pero la primavera había comenzado y, cada día que pasaban allí, la mujer sentía que su corazón recuperaba el reposo perdido. Aquella sensación de cargar sobre los hombros el peso del mundo desapareció casi por completo. Lo único que deseaba era escribir, dar largos paseos a la orilla del océano con su marido y dejar que el tiempo pasara despacio. No podía negar que al segundo día ya echaba de menos el bullicio de su familia y la algarabía de sus hijos pequeños. Llevaba tanto tiempo dedicando la mayor parte de su vida a los demás que había olvidado el extraño hábito de estar consigo misma. Calvin pasaba las mañanas orando y leyendo los libros que había traído para avanzar algo en sus investigaciones, pero también disfrutaba hablando con todo el mundo. Al final, su vocación casi frustrada de predicador solía compensarla con su simpatía por todo el mundo. La gente enseguida confiaba en él, pero, más que por su rostro bonachón o su mirada inocente, porque poseía el escaso don de escuchar a los demás sin juzgarlos.

—Hoy he hablado con un pescador, su vida es de lo más interesante.

—¿De veras? —le preguntó su esposa, que en ese momento leía un libro en el sillón del salón.

—Al parecer, el señor Pennel y su esposa llevan viviendo aquí toda la vida. Su hija y su yerno murieron en un terrible naufragio cerca de estas costas, por lo que criaron a su nieta, Mara. La niña, además de hermosa, era una de las almas más transparentes de la isla. Siendo muy jovencita, se hizo amiga de una compañera de colegio llamada Sally, que se convirtió en su confidente. Al parecer, Mara estaba locamente enamorada del hijo de un pescador llamado Moisés, un chico listo que deseaba estudiar en la universidad y salir de la isla. La joven le daba muchas muestras de su amor, pero él parecía más centrado en sus aspiraciones. Un día, Mara, para darle celos, dejó que un forastero la pretendiese. Moisés, que hasta aquel momento apenas había mostrado sus sentimientos, decidió cortejar a su amiga Sally, pero esta, fiel a Mara, le contó todo.

—Me parece una historia increíble —lo interrumpió Harriet, quitándose las lentes y dándose la vuelta.

—Lo mejor está aún por suceder. Al parecer, Mara y Moisés tuvieron una acalorada discusión en el pueblo y la joven se fue a la playa, se quedó en la entrada de una gruta llorando y prometiéndose a sí misma que no volvería a ver a Moisés. El joven la buscó por todas partes hasta que la encontró en la playa. Se reconciliaron, se besaron apasionadamente y se declararon amor eterno. Mientras charlaban, el tiempo pareció detenerse. No se habían dado cuenta de que la marea subía cada vez más.

Harriet se levantó del sillón y caminó hasta su esposo.

—¡Dios mío! ¿Qué sucedió? Me tienes en ascuas.

—La pareja intentó salir de la gruta, pero las olas golpeaban con fuerza en la entrada. El agua subía cada vez más, no sabían si habría una salida por la cueva, intentaron nadar hacia el otro lado de la playa, el pesado traje de Mara la hundía y poco a poco perdía las fuerzas mientras luchaba contra las olas, hasta que Moisés intentó sacarla y llevarla a tierra firme. Entonces una ola lo levantó y golpeó contra las rocas; el joven quedó malherido, ella estaba casi ahogada, se tomaron las manos y, al día siguiente, mientras la gente los buscaba por todas partes, el abuelo de la chica los encontró entre las rocas. Aún permanecían con las manos entrelazadas,

—Es la historia más triste que he escuchado jamás, me recuerda al amor entre Eliza y su esposo George.

El amor todo lo puede. Al menos eso es lo que pensaba Eliza mientras corría de la mano de su esposo. Delante, Phineas llevaba a su hijo en brazos, Jim cargaba a su anciana madre y el grupo intentaba moverse lo más rápido que podía entre los riscos. Afortunadamente, el cuáquero conocía todo aquello como la palma de su mano, pero los dos hombres que los perseguían eran más veloces y no llevaban el lastre de una mujer anciana y un niño pequeño.

Los hombres lograron verlos a lo lejos, Tom Loker y Marks se comportaban como dos sabuesos a la búsqueda de una nueva presa. Les esperaba una gran recompensa si se hacían con los cinco esclavos, sobre todo con el matrimonio y el niño pequeño. El señor Haley estaba dispuesto a pagar una buena suma por George vivo o muerto, pero a la mujer y al niño los quería vivitos y coleando.

—¡Mira a esos negros! —gritó con una sonrisa medio ladeada Loker.

—Antes de un par de horas serán nuestros —se relamió Marks, que ya se imaginaba en un salón bebiéndose la recompensa o entre las suaves sábanas de una de las chicas de la señora Taylor.

Después de media hora de caminata, se pararon justo al lado de una gran roca. Hacía un buen rato que no se veía a los fugitivos y temían haberles perdido de nuevo la pista. De repente, de la nada salió un hombre elegantemente vestido.

—Buenos días —dijo el hombre en tono educado. ¿Qué buscan por estas tierras?

No reconocieron a George con sus ropas nuevas y su sombrero elegante. Su piel era demasiado clara para confundirlo con los esclavos que perseguían.

—Estamos tras la pista de cinco fugitivos. Unos esclavos peligrosos que han huido. Si los ha visto y tiene información sobre ellos, podemos recompensarle.

—Yo soy George Harris y en otro tiempo fui esclavo, pero ahora soy un hombre libre. Un blanco llamado Harris dice ser mi amo, pero es mentira. Los seres humanos no se compran ni venden como si fueran bestias.

El mayor de los dos perseguidores se quedó sorprendió ante la valentía del joven.

—Nosotros cumplimos la ley, es nuestro deber llevarlos de nuevo al Sur. Espero que lo entienda, no tenemos nada personal contra ustedes —dijo Marks.

—Sé que los amparan las leyes, pero hay una ley superior a esas injustas creadas por los hombres, la que Dios ha puesto en todos los corazones. Dejen que nos marchemos en paz.

Los dos hombres se miraron sorprendidos, nunca habían hablado con sus presas, todo aquello les complicaba el trabajo. A los esclavos los veían como animales salvajes, cachorros humanos traídos desde África para realizar los trabajos más duros e ignominiosos, no podían tratarlos como a iguales, de otra manera no serían capaces de infligir sobre ellos los más duros castigos y penas.

—Ese hombre al que representan quiere vender a mi esposa al mejor postor en Nueva Orleans, para que abuse de ella y la trate como a una ramera, después llevará a mi pobre hijo a un mercado y lo subastará. ¿Creen que puedo consentir una infamia como esa? Jim y yo somos hombres libres y nuestras familias también. Márchense ahora, mientras estén de una sola pieza, no saben de lo que es capaz un hombre desesperado.

Los perseguidores parecían tan asombrados que no supieron cómo reaccionar. Hasta que Marks sacó su arma y le disparó de improviso.

—Nos da igual capturarte vivo o muerto —dijo mientras todavía se escuchaban los ecos de la detonación.

Eliza dio un grito, George se lanzó hacia atrás, la bala le había pasado rozando el cuello. Se ocultó entre las rocas y pidió a Jim que la cubriera.

—No sé usar un arma —dijo el joven.

—Tú dispara, intenta que no avancen.

Tom Loker dio un salto y el resto de los perseguidores lo siguió.

—No tengo miedo a ningún negro. Son como los lobos, enseñan los dientes, pero a la hora de la verdad huyen con el rabo entre las piernas.

Los dos esclavos les dispararon sin acertar en el blanco, mientras los cazadores se dirigían hacia ellos envalentonados por la poca pericia de los fugitivos.

Tom Loker vio el precipicio que separaba a los fugitivos de ellos, pegó un salto y logró llegar al otro lado, pero su cuerpo se tambaleaba. George le disparó y lo alcanzó en el costado. La herida no lo amedrentó. Intentó recuperar el equilibrio, pero Phineas se adelantó y lo empujó.

—¡Maldito cuáquero! —gritó el hombre, sorprendido de que lo arrojaran al vacío. Mientras el resto del grupo se quedaba paralizado, Marks se dio la vuelta y regresó por los caballos. La cuadrilla no tardó en seguirle despavorida, no estaban acostumbrados a que aquellos seres indefensos les plantasen cara. Jim y George comenzaron a gritar de júbilo. Se sentían como el pueblo de Israel al enfrentarse a los egipcios. El desgraciado Tom Loker estaba unos metros más abajo, retorciéndose de dolor. Los dos esclavos se miraron el uno al otro, sin saber qué hacer. George me contó después en carta que en ese momento pensó en cómo actuaría yo en sus mismas circunstancias. Me alegró saber que mi ejemplo, al igual que yo imito a Cristo, les hizo recapacitar en un momento tan difícil y doloroso.

~❧ Capítulo XV ❧~

La vida en la casa de los St. Clare

Seminario Teológico de Andover, Massachusetts, 15 de junio de 1853

E l regreso a casa fue menos difícil de lo que pensaban. Calvin y ella parecían dos enamorados después de aquel corto descanso. En el día a día apenas tenían tiempo el uno para el otro, aquel era el precio por tener una familia numerosa. En una época en la que el sacrificio era la única forma de entender la vida, los Stowe no eran una excepción, aunque el corazón de Harriet, siempre rebosante de emociones, acusaba más que su marido aquel estado de excitación constante y el poco tiempo que pasaban juntos.

La escritora había recibido una carta en la que sus editores le comunicaban que el libro ya había superado las trescientas mil copias. Era el libro más vendido del momento y uno de los más leídos en la historia reciente del país. Junto a la felicitación por la venta de su libro, el editor le pedía que considerara la idea de escribir un breve ensayo en el que explicase por qué y cómo había escrito la novela.

Harriet se sintió un poco confusa al principio, sabía que las críticas hacia su libro habían sido feroces. Intentaba no hacer mucho caso a los comentarios de la gente, aunque de algunos terminaba por enterarse. Uno de los más hirientes fue el de Louisa S. McCord, que la acusaba de inventar todo y haberse enriquecido a costa de mentiras obscenas sobre la esclavitud en el Sur. Aquella reconocida escritora sureña parecía representar a la voz de muchas mujeres respetables de los estados esclavistas que, a pesar de vivir en medio de la ignominia de la esclavitud, eran incapaces de percibir sus efectos nocivos sobre la sociedad y su propia moralidad cristiana.

El periodista William Gilmore fue aún más hiriente al insinuar que, como mujer, se había excedido al intentar abarcar un tema que desconocía por completo y no dedicarse a libros más femeninos, dejándose influir por el mismo diablo que quería confundir a la sociedad americana y lanzarla a un enfrentamiento civil.

Ella misma se cuestionaba muchas veces si su libro, tan realista y crudo, hubiera lanzado más leña al fuego del enfrentamiento entre Norte y Sur, aunque después se consolaba con la idea de que era Dios el que la había animado a escribirlo.

También le llegaron comentarios muy elogiosos, que calificaban su obra como una de las mejores de la historia de Estados Unidos. George Sand o James Ford Rhodes la consideraron una de las mejores muestras de novela doméstica para mujeres, pero con la gran virtud de despertar muchas conciencias a favor de la causa abolicionista.

Harriet tomó la sombrilla y se dirigió directamente al seminario. Después de todas aquellas noticias, necesitaba despejar un poco la mente. Entró en el edificio y se dirigió directamente al despacho de su esposo. Sabía que solía encerrarse allí durante horas, él podía permitirse el privilegio de investigar alejado del ruido y la algarabía de su casa.

—Querida, me alegra verte de forma tan inesperada.

Ella frunció el ceño, sabía que en el fondo Calvin odiaba las sorpresas y que lo interrumpiesen, aunque Harriet era la única persona en el mundo que podía hacerlo sin que se enfadara.

—El editor me ha mandado algunas críticas sobre el libro. Son terribles.

—Seguro que no es para tanto —dijo mientras se ponía en pie y le acercaba una silla.

—Te aseguro que sí. Estoy pensando en escribir un libro sobre las claves de la novela. Ya sabes, qué fuentes utilicé, qué pretendía hacer al escribirlo, qué partes son verdad y en qué testimonios se basa.

Calvin se quedó por unos momentos pensativo.

—Me parece fantástico, pero ¿podrás hacerlo? Cada día respondes una inmensa correspondencia; además, estás inmersa en otros proyectos, por no hablar de los niños, la iglesia...

—Si fuera un hombre, no tendría tantos problemas —se quejó ella.

—¿Tú crees? Has tenido una fama mayor que cualquier autor contemporáneo del país. El éxito siempre es una pesada carga, pero a muchos les gustaría estar en tu lugar.

—Ya lo sé, no es una queja, simplemente expreso cómo me siento.

—¿Qué necesitas? —le preguntó con una sonrisa, sabiendo en parte de antemano la respuesta.

—Te necesito a ti, un respiro con los niños para poder escribir.

Calvin se puso en pie, se agachó a su lado y, mirándola directamente a los ojos, le contestó:

—No puedo negar nada a la mujer más famosa de América, qué digo, del hemisferio norte.

Harriet pareció relajarse por primera vez, agarró a su esposo por las mejillas y le dijo:

—No hay mayor amor que este, que uno dé su vida por sus amigos.

La casa de los St. Clare era las más hermosa que había visto jamás. No era opulenta, al menos en el sentido vano de la palabra, ya que tenía el tamaño de una mansión, pero se trataba de un verdadero hogar. Evangeline me contó que su familia provenía en parte de Canadá. Su abuelo era un terrateniente de Luisiana que se había enamorado perdidamente de una joven hija de una recta familia hugonota. Augustine era muy diferente a su hermano. Mucho más delicado de salud y de carácter similar al de ella, ambos detestaban la vida de la plantación. Su madre lo envió a Vermont con uno de sus hermanos para que se criara en un ambiente más frío y, sobre todo, alejado de la brutalidad del ambiente de las plantaciones. Como los hijos de Abraham, quiso regresar al Sur, la tierra de sus antepasados, para elegir esposa. Se enamoró de una bellísima y sensible mucha-cha, pero poco antes de la boda su déspota padre decidió proponerla en matrimonio con un hombre ruin, viejo y detestable, aunque in-mensamente rico. Esa es la condición de la mujer que, en otra forma, sufre una esclavitud parecida a la nuestra.

Augustine St. Clare buscó entre las mujeres más bellas de Luisana a su sustituta. Al final encontró a la mujer más bella del estado, que poseía además una enorme fortuna. Sus inmensos ojos negros lo cautivaron, pero muy pronto comprendió que detrás de ellos había un alma mezquina y egoísta.

Evangeline tardó mucho tiempo en llegar a aquel hogar, por lla-marlo de alguna forma. Cuando lo hizo, hacía mucho tiempo que el amor había desaparecido de su casa, pero al menos su nacimiento devolvió a su padre cierta ilusión por la vida y emprendió la noble misión de convertirla en una persona mucho mejor que él mismo.

El pobre hombre nunca superó la pérdida de su verdadero amor, sobre todo al enterarse, un poco más tarde, de que no se había casado con aquel hombre detestable y que lo buscó en vano para unirse a él.

Marie, la madre de Evangeline, jamás sintió afecto por ella o, al menos, no mucho más que el que sentía por otros animales de su propiedad, en especial por sus caballos. Aquella niña dulce y buena le recordaba a su suegra, la idealizada madre de Augustine. Cedió a que su esposo le pusiera su nombre, más por desgana que por convencimiento.

Marie era ociosa y, sobre todo, caprichosa. Antes del nacimiento de su única hija, había dilapidado toda su dote y después continuó con el dinero de su esposo, hasta que Augustine le pidió a su prima Ophelia que se hiciera cargo de la casa, lo que frenó en parte aquel derroche.

Llegamos a la casa casi a mediodía. El sol golpeaba sus bellísimas paredes blancas y las columnas del porche. Desde el balcón principal, Marie se asomó para ver llegar el carruaje. Su hija descendió corriendo y tomó mi mano. La mujer cruzó una mirada conmigo que me hizo temblar por un momento. Era del tipo de personas incapaces de amar, y que no permitían que los demás lo hicieran.

—Querida, ya hemos llegado —dijo Augustine a su esposa mientras se quitaba el sombrero. Las gotas de sudor perlaban su frente pálida y pecosa.

—Ya lo veo. ¿Quién es ese negro viejo? No me digas que te has gastado dinero en él —dijo en alto desde el balcón.

Era del tipo de amas que creían que sus esclavos, además de sordos y mudos, no debían sentirse ofendidos ni molestos por sus comentarios despectivos.

—Ese hombre salvó a nuestra Evangeline. Se cayó al río y él la sacó sana y salva.

La mujer lanzó una larga carcajada.

—¿Desde cuándo los negros se han convertido en héroes? Sin duda, el Sur está entrando en decadencia.

Evangeline me dijo que no hiciera caso a su madre y la siguiera.

—No te preocupes por ella. No te hará daño, únicamente es capaz de hacérselo a sí misma.

—¿Qué le sucede? —le pregunté preocupado. Sabía que las peores dolencias del ser humano lo son siempre del alma.

—Está enferma, aunque los médicos no han logrado descubrir qué le sucede —me explicó la niña.

Llegamos a un inmenso lago, adornado justo en la parte central con un pequeño quiosco de columnas dóricas que formaban un círculo. Caminamos hasta él y nos sentamos en los escalones que daban al agua.

—¿Por qué quisiste salvarme de aquel hombre? —le pregunté nervioso.

—Creo que todos estamos aquí con un propósito. Dios me creó para hacer feliz a mi padre y ayudarlo, para que no muera de tristeza. También para amar a mi madre, aunque ella no me ame a mí.

Aquellas palabras me entristecieron.

—No digas eso, no existe en el mundo una madre que no ame a su hija.

Ella me devolvió la mirada, sus bellos ojos negros parecían tan vivaces y expresivos...

—Dios me ha dado fuerzas para soportar la verdad, prefiero saber que él me ama, aunque no lo puedo ver. Gracias a su amor, ese inmenso amor que tiene por todos sus hijos, yo sigo viva y soy capaz de amar a mis padres.

Me hubiera gustado estrecharla entre mis brazos. Aquella niña era tan especial que parecía un ángel que Dios había traído del cielo. En un mundo lleno de maldad, Evangeline representaba todo lo puro que aún quedaba en la tierra.

—He aprendido que el amor de Dios es capaz de cambiar la vida más miserable. Yo fui un hombre duro e insensible, prometí que me vengaría de todos los que me habían hecho mal, y ahora lo único que deseo en este mundo es que todos comprendan ese amor.

—¿Me ayudarás a mostrarlo a mis padres?

—Claro, no puedo dejar de hablar de aquel en quien he creído. Él me ha amado muchísimo, querida Evangeline.

Nos dirigimos a la casa, la prima de su padre, Ophelia, estaba en la entrada con los brazos cruzados.

—Ya era hora. Has realizado un largo viaje, tienes que darte un baño.

La niña le sonrió.

—Esta es mi querida Ophelia. Ella es cristiana como nosotros. ¿Verdad?

—No hay tiempo para hablar de esas cosas. Primero son las obligaciones. No quiero que mi primo me regañe por no enseñarte los modales de una señorita.

La mujer se llevó a la niña y me dejó solo en medio del recibidor, sin saber qué hacer o cómo comportarme. Además de atender a Evangeline, el amo no me había dado ninguna instrucción de en qué consistiría mi trabajo. Estaba a punto de salir de la casa y tomar mi poco equipaje, para encontrar algún lugar donde instalarme, cuando escuché unas voces detrás de una puerta. Eran Augustine y su esposa Marie.

—¿No lo entiendes? Los médicos me han dicho que le quedan pocas semanas de vida.

—Absurdo, a la niña se la ve muy bien.

—Está muy enferma, no tiene cura. Dios mío, mi Evangeline nos dejará pronto.

—Te dejas embaucar por cualquiera. No debí casarme contigo, eres un insensible y egocéntrico norteño. ¿Tu madre no te enseñó a ser un caballero? Yo soy la enferma. Llevo días sin dormir y apenas he probado bocado.

—¡Mujer, no seas...! —exclamó y se levantó furioso. No soportaba aquella actitud de su esposa. Seguramente no entendía cómo en una situación como aquella no era capaz de reaccionar y compadecerse de su hija.

Lo que el señor St. Clare no entendía era que su esposa tenía enferma el alma.

Mientras salía, me choqué de bruces con un mulato vestido con ropas finas algo cursis.

—¿Tú eres el nuevo? —me preguntó entre arrogante e indiferente.

—Sí —le contesté con voz entrecortada.

—¿Te crees que estás en esta casa para holgazanear? Esto no es una plantación, pero tampoco el recreo de un colegio. Sígueme y te enseñaré tu cabaña.

Mientras caminaba detrás de aquel personaje, todos los esclavos de la familia comenzaron a observarme. Les debía de parecer un tipo extraño. Mi ropa no era del Sur, tampoco mi acento y, sobre todo, les debía de extrañar que el amo me hubiera comprado siendo ya algo viejo.

—Otra boca más que alimentar. El amo no entiende que los negros ociosos son peligrosos e inútiles. ¿De qué tipo eres tú?

—De ninguno de los dos, yo soy cristiano y predicador.

—Un santurrón, era lo único que nos faltaba. No lo puedo creer —dijo poniendo los ojos en blanco.

A lo largo de mi vida había conocido a muchos como aquel hombre, Adolph se llamaba, un esclavo que estaba convencido de que no lo era.

—Esta es tu cabaña. ¿Cómo te llamas, negro?

—Tom, pero todos me llaman tío Tom.

El mulato se me quedó mirando como si viera un fantasma.

—No me gustan los cristianos, desprecian a nuestros verdaderos dioses africanos. Que no te engañe mi ropa, no me considero un blanco, pero es más fácil sobrevivir si ellos te ven como un igual.

—Lo entiendo —le contesté mientras contemplaba la desolada cabaña.

—Ese Dios tuyo que murió en una cruz, además de ser débil, aquí no tiene lugar. ¿Entendido?

Lo miré con una sonrisa, pero enseguida noté que hablaba en serio. Aquel hogar, esa hermosa mansión reluciente, no era lo que parecía. A veces lo espiritual se nos escapa y somos incapaces de ver que, detrás del velo de la normalidad, justo delante de nuestras narices, el diablo opera a sus anchas mientras la mayoría ignora sus maquinaciones.

—¿Por qué me miras de esa forma?

—¿De qué forma?

El hombre parecía sentirse incómodo.

—Las tinieblas no pueden mezclarse con la luz —le contesté. El rostro del mulato se demudó en una mueca de terror, salió de la cabaña y me dejó a solas. Me puse de rodillas, mi cuerpo temblaba, comencé a sudar y, mientras suplicaba a Dios su ayuda, supe que estaba a punto de enfrentarme a la mayor batalla espiritual que había librado en toda mi vida.

Parte 2ª
Bienaventurados los que lloran

~~&~Capítulo XVI~&~~

La huida

Seminario Teológico de Andover, Massachusetts, 1 de marzo de 1853

Harriet leyó la introducción de su nuevo libro, esperaba que aquello disipara las dudas y las críticas que le habían llovido desde todas partes. Sabía que era muy difícil que la gente la entendiese. Muchos creían que las novelas eran una especie de entretenimiento para mentes ociosas; que una escritora se sentaba en su escritorio y jugaba con las vidas de sus personajes, poniéndolos en las situaciones más comprometidas y absurdas, con el único fin de alimentar su ego y, si era posible, su bolsa. Lo que la mayoría de sus lectores desconocía era que la autora sufría al lado de sus personajes, lloraba con ellos y también reía a su lado. Muchos no habían comprendido a Tom y su historia, creían que era el fruto de una mente enferma y retorcida, pero todas aquellas cosas habían sucedido en realidad. Por desgracia, eran mucho más que ficción, eran la vida cotidiana de cientos de miles de estadounidenses a los que no se les reconocía ningún derecho, a pesar de llevar varias generaciones viviendo en Estados Unidos.

La mujer dejó el libro a un lado, le había costado mucho que los lectores lograran creerla, ya que muchas de las historias que contaba en su novela parecían tan crueles e inhumanas que, para la mayoría de las personas biempensantes del país, eran inaceptables. Aunque lo que más le costaba comunicar era la lucha espiritual que se debatía detrás de aquel asunto.

En la iglesia y, mucho peor, dentro de grupos enteros de cristianos, se concebía la esclavitud como algo aceptable, casi ordenado por Dios.

Harriet pensó en la persona que le inspiró el personaje del señor Haley. Recordó aquella tarde en Kentucky, cuando una mujer negra entró en la guardería que atendía. Su rostro demacrado y sufriente la hizo estremecerse.

—¿Qué le sucede? —le preguntó, inquieta.

—Mi hijo está en manos de un comerciante de esclavos y tengo que hacer lo que sea para recuperarlo.

La pobre mujer le explicó brevemente cómo un hombre se había hecho con su hijo, debido a que su amo había decidido venderlo para pagar unas deudas. El negrero pedía una suma muy elevada por el niño y la mujer era incapaz de reunirla.

—¿Qué tipo de hombre es capaz de una cosa así? —le preguntó, aturdida, Harriet.

—Un buen cristiano y miembro de la Iglesia metodista.

Aquellas palabras la hirieron más que un cuchillo clavado en el corazón. El negrero era un hombre que martirizaba y vendía seres humanos los días de diario y los domingos, sin doblegarse a su conciencia, acudía a una iglesia sin el menor sentido de culpa.

Esperaba que su libro, *La llave de la cabaña del tío Tom,* demostrara que aquella novela era mucho más que una invención. Era una historia verdadera, la de un hombre, pero sobre todo la de un pueblo condenado a la más dura de las penas, la de verse privado de su libertad. Para ella, la libertad era mucho más que un derecho constitucional, era un don dado por Dios a los hombres, por ello ningún ser humano tenía el poder para privar a otro de ese regalo.

El dilema entre hacer lo correcto o dejarse llevar por la corriente es una constante en la conciencia del ser humano, pero más aún en la del cristiano. Nadie hubiera reprochado a George y sus amigos que abandonaran a aquel detestable individuo, cuyo trabajo era capturar o cazar a otros seres humanos simplemente por el color de su piel.

Los seis miraron hacia abajo; el hombre parecía malherido, se quejaba y lamentaba, mientras ellos aún se encontraban paralizados por la duda y el temor.

—Ese pobre hombre está sufriendo, no podemos abandonarlo —dijo Eliza, que había aprendido que las palabras de Jesús sobre amar a nuestros enemigos no eran solo una frase bonita. Al amar a los que nos aborrecen, desarmamos su odio y lo convertimos en amor.

Phineas intentó buscar un lugar por el que bajar y, sobre todo, por el que subir al herido.

—Lo llevaremos a la comunidad cuáquera, allí lo atenderán hasta que esté completamente restablecido.

—No lo merece, ya volverán por él sus amigos —comentó Jim, indignado. Sabía que aquel tipo no habría movido un dedo para ayudarlos a ellos.

—Lo llevaremos a la comunidad. No sería muy cristiano dejarlo morir aquí —dijo George ante la sorpresa de todos. Algo estaba pasando en su interior, todo aquel odio y desprecio a sus enemigos Dios lo estaba transformando en amor. Muchos piensan que amar es un signo de debilidad, pero no hay nada en el mundo tan difícil como darse a los demás. Dejarse llevar por los más bajos instintos es mucho más fácil.

George y Jim comenzaron a descender. Mientras, el pobre diablo gritaba desesperado, temiendo morir de aquella forma.

Phineas lo siguió hasta la altura del cazador de personas.

—¿Eres tú, Marks? —preguntó al ver la sombra de George, pero, cuando este se puso delante, comenzó a temblar.

—No, me temo que tu amigo se ha marchado con el rabo entre las piernas —dijo Jim, furioso.

—¿Venís a rematarme? Sois unos malditos diablos negros.

—Tranquilo, es tu día de suerte. Te llevaremos a un lugar para que te recuperes —comentó Phineas.

—Pero si tú eres el que me empujó.

—¿No esperarías que te permitiera hacer algún daño a mis amigos?

Lograron subirlo con dificultad a lo alto de los riscos, después lo llevaron en volandas donde estaba su caballo y lo tumbaron en él.

—Ustedes continúen el camino. Yo llevaré a este tipo a la casa de la señora Amariah, su abuela Dorcas es una excelente enfermera.

—Gracias de nuevo —dijo George dando un abrazo al hombre.

—Que Dios los guarde. Dentro de poco, serán miles los que él libere. Puede que los hombres se resistan a Dios por un tiempo, pero él es más fuerte y sabio.

Los dos fugitivos regresaron hasta donde se encontraban sus familias. Deberían continuar el resto del camino solos, pero nunca olvidarían lo que habían hecho los cuáqueros por ellos. Aquella comunidad despreciada por la mayoría por sus estrictas normas morales y su pacifismo los trató como si fueran parte de su familia.

Les quedaba poco para conseguir su ansiado sueño de libertad, pero aquella mañana, mientras el sol comenzaba a calentar, supieron que ya eran verdaderamente libres. George comprendió por primera vez mis palabras: que, únicamente cuando conocemos la verdad, esta nos dará la libertad que está por encima de las circunstancias humanas, y que podemos sentirla aunque estemos atados en la celda más profunda de la cárcel más cruel.

Capítulo XVII

Ophelia

Liverpool, abril de 1853

Después del largo trayecto, los Stowe se sintieron de nuevo a salvo. Durante casi toda la travesía, el barco se sacudía como una cáscara de nuez en medio de la tormenta. No estaban acostumbrados a largos viajes y les aterrorizaba la sola idea de tener que volver a Estados Unidos. En la aduana, revisaron rápidamente el equipaje y después unos amigos los recogieron. Calvin preguntó a aquellos caballeros si conocían algún alojamiento en la ciudad, pero uno de ellos, el señor Cropper, le contestó que los acogería con mucho placer en su casa. Era un hombre rico, de una familia de banqueros. Los Stowe aceptaron la invitación y el grupo entró en un pequeño vapor que los llevaba desde el puerto, río arriba hasta la ciudad. Aquel trayecto fue mucho más calmado, aunque el río estaba tan sucio y sus orillas tan cenagosas que era el más feo que habían visto jamás.

Al llegar a la ciudad les sorprendió la multitud que los esperaba. Les hicieron un pasillo hasta el carruaje, mientras los caballeros se quitaban el sombrero y las damas se inclinaban como si se tratase de la reina de Inglaterra.

Salieron de Liverpool y a unas pocas millas estaba Mersey. Era un bello lugar, cerca de un lago, uno de esos rincones ingleses que hacen sentir al viajero que ha llegado a un sitio especial.

La casa era grande, pero estaban tan agotados que apenas prestaron atención a las numerosas habitaciones. Se asearon y un par de horas más tarde estaban todos sentados a la mesa para probar una suculenta cena. Los Stowe aún sentían el mareo del barco y apenas probaron bocado.

A la mañana siguiente, desayunaron en la casa del hermano de su anfitrión. Allí había unos treinta admiradores, que agasajaron a la pareja.

—Muchas gracias por su hospitalidad, nos sentimos como en casa. Es mi primer viaje a Europa, pero me ha sorprendido que mis libros y la triste historia de Tom hayan conmovido a tantos ingleses. Cuando escribí el libro, por alguna extraña razón, imaginé que llegaría al corazón de las damas de Nueva Inglaterra, aunque las mujeres del Sur tendrían algunos recelos hacía él. Por el contrario, Dios, que puso en nuestra alma una especial sensibilidad hacia el sufrimiento ajeno, tal vez por darnos la capacidad de engendrar vida, hizo que las mujeres del Sur entendieran el mensaje del libro y la necesidad de terminar con un sistema cruel que es capaz de arrebatar un hijo a su pobre madre. Entonces comprendí que hay un lenguaje universal, que llega mucho más lejos que el propio significado de las palabras. Ese lenguaje es el del amor. Una madre es igual en Washington que en Londres, París o Moscú. Ahora que veo el amor de los ingleses no al libro, sino a la libertad de todos los hombres, me siento profundamente conmovida.

Las palabras de Harriet fueron como el relámpago de una tormenta que comenzaba a extenderse por el mundo. Su voz suave y su aspecto frágil habían sacudido más conciencias que todos los púlpitos de Estados Unidos juntos.

⌁⟨۞⟩⌁

La señora Ophelia era una mujer religiosa. Guardaba de forma escrupulosa todas las normas morales, leía cada día las Sagradas Escrituras con cierta devoción y pronunciaba grandes oraciones en las comidas y cuando Evangeline iba a dormir. Era firme, responsable y franca en sus creencias. Uno a su lado se sentía pequeño, como si no pudiera llegar jamás a su altura moral.

El señor St. Clare era muy distinto a su prima. En el poco tiempo que llevaba en la casa nunca lo había visto leer una Biblia o ir a la iglesia. Mientras su prima oraba en las comidas, él agachaba respetuosamente la cara, pero no oraba. Pero lo que más me preocupaba era que, para evadirse de sus problemas, tomaba demasiado alcohol y, sobre todo, pasaba muchas de las tardes y noches en fiestas bebiendo con sus amigos.

Mi trabajo por el día era ayudar y asistir a Evangeline. La niña me ayudó a escribir parte de estas memorias, aunque algunos párrafos los añadí de mi propia mano, porque no quería que supiera la gravedad de su enfermedad, el enfrentamiento entre sus padres o la vida disipada del señor St. Clare. En el fondo era consciente de que aquella avispada niña conocía más del ambiente hogareño de lo que todos sospechábamos. Por las tardes, solía llevar al amo a sus fiestas, al teatro y a sus cenas de negocios. Aunque la mayoría de las veces no llegaba a embriagarse, la noche anterior lo traje de una de esas fiestas de hombres visiblemente afectado.

No quería mostrarme como un hipócrita. Sabía que Dios me había llevado con un propósito a aquel hogar y, como Nehemías, mi rostro demudado llamó la atención de mi amo.

—¿Qué te sucede, Tom? ¿Hay algo que no te guste? ¿Has tenido algún encontronazo con los otros trabajadores?

Negué con la cabeza, estábamos en la carroza camino de la ciudad, hacía calor y el señor fumaba uno de sus puros aromáticos.

—Entonces, ¿estás enfermo? Lo podías haber comentado, otro podía haberme traído a Nueva Orleans. Sabes que yo no soy como mi esposa, que trata a su doncella Mammy como si fuera un animal —dijo el hombre, algo más serio.

—No, amo, me tratan bien, pero lo que me apena es que no tome en consideración su forma de vivir. No se quiere, amo.

—¿Por qué dices eso? ¿Qué te has creído? Esto es el mundo al revés. Yo soy el que te da de comer.

—Lo siento, pero mi conciencia...

—¿Tu conciencia? ¿Quién te ha permitido que tengas una? —insistió furioso, hasta que se escuchó diciendo aquellas palabras, las mismas que habrían brotado de los labios de su irascible padre o de su hermano, que consideraban a los esclavos meras propiedades.

Me quedé callado, no estaba sorprendido por sus palabras, no temía lo que podía hacerme otro ser humano. Me preocupaban más los que dañaban el alma que el cuerpo. Ya lo había mencionado el apóstol Pablo en una de sus epístolas: lo habían azotado, metido en una cárcel, apedreado e incluso había sufrido un naufragio, pero todo lo había soportado por amor a Dios.

—Dios mío, quieres ayudarme y yo te trato de esta manera. Entiendo tu preocupación, pero mi alma está rota, nuestra Evangeline se muere —dijo con la voz entrecortada y entre lágrimas.

—Lo sé, mi amo, aunque eso no es excusa, ella merece algo mejor. ¿No cree? Lo necesita ahora más que nunca. Su madre está distraída con su propia tristeza, su hija únicamente lo tiene a usted.

El señor St. Clare no quería llorar, no estaba acostumbrado, lo habían criado con la frialdad victoriana de que los sentimientos son peligrosos y jamás deben expresarse.

—No volveré a esas fiestas. Si te soy sincero, me siento muy incómodo en ellas, pero intento evadirme de lo que pasa en esta casa, de cómo está mi hija.

—Confiemos en un milagro de Dios, pero, si él decide llevársela, será por su divina voluntad. Lo único que nos queda es esperar y confiar —le dije mientras él se ponía en pie y colocaba su mano derecha sobre mi hombro.

—No he conocido a nadie como tú.

—Yo imito a Cristo, amo. Él es el que obra a través de mí. No soy mejor que nadie, mi mente y mi cuerpo están sometidos a Dios.

Tras la conversación, me sentí reconfortado. Había experimentado la sensación de que Dios me había usado, y no hay mayor placer en el mundo que permitir que el Espíritu Santo te utilice para aliviar la carga de otro ser humano. Mientras me dirigía a mi modesta cabaña, pensé en los míos, no sabía si volvería a verlos en esta tierra, pero tenía la absoluta certeza de que un día, al cruzar el pedregoso umbral de la muerte, al otro lado vería a mi Maestro y también los vería a ellos.

~~⚜~~ Capítulo XVIII ~~⚜~~

La señora de la casa

Glasgow, 16 de abril de 1853

E scucharon en medio de la noche un fuerte acento escocés.

—Bienvenidos a Escocia.

Llevaban todo el día en el tren. Su esposo parecía emocionado mientras contemplaba el paisaje, pero mucho más al verla a ella tan contenta. El grupo había entonado baladas escocesas durante el trayecto.

—Gracias —dijo Harriet bajando del compartimento. Al levantar la vista, una multitud los aguardaba. Todos agitaban sus sombreros y los saludaban, como si se tratara de su propia familia. La escritora se emocionó al verlos, no porque acudieran a recibirla, sino porque de alguna manera su libro había llegado a todos esos corazones.

A las doce del mediodía lograron llegar a un apartamento, comieron y pasaron la tarde descansando en su alojamiento. Al día siguiente fueron con el señor Baille, el organizador del viaje de los Stowe al Reino Unido. Parecía eufórico mientras les enseñaba brevemente la ciudad. Después se dirigieron a un local. Allí, el señor Baille le mostró una montaña de tarjetas y felicitaciones.

—¡Dios mío! —exclamó Harriet al ver aquello.

—Son de toda Escocia, esta tierra ama su obra y está muy agradecida.

Siguieron su camino hacia otras ciudades del país, después tomaron un barco a Irlanda del Norte. Los Stowe se sentían tan abrumados que aquel viaje les pareció un sueño.

En uno de los últimos actos en el Reino Unido, preparado para unas dos mil personas, la expectación era máxima. La sala estaba llena de pastores de todas las denominaciones, miembros de las sociedades antiesclavistas y la flor y nata de la sociedad.

La gente tomó el té antes de la charla, lo único que se escuchaba eran las cucharas moviendo el té y el murmullo de los asistentes hasta que Harriet comenzó a hablar.

—Me siento abrumada al encontrarme delante de tantos miembros de las ligas antiesclavistas, de pastores y maestros de todas las denominaciones del Reino Unido y otros ilustres invitados. No puedo evitar recordar las palabras de Jesús cuando dijo que él nos acoge en la mesa; ya no somos sus siervos, somos sus amigos. Sé que a todos les ha conmovido *La cabaña del tío Tom*. Muchos queremos que se termine la esclavitud, que no haya hombres ni mujeres que puedan ser vendidos como meros objetos o animales. Pero mi libro quiere ir más allá, hasta el lugar que a todos nos cuesta transitar. No es suficiente con la libertad para los esclavos, ¿para qué serviría arrancarles las cadenas, si los mantenemos como siervos, atados a su ignorancia y su pobreza? No podemos parar de amar hasta que los tengamos sentados a nuestro lado, como nuestros iguales. Un día cenaremos todos juntos en la mesa de nuestro Creador y no podremos elegir a nuestro compañero. Hasta que no nos veamos como hermanos, el mundo no estará en paz. Este libro es un grito de desesperación, pero la libertad es solo el principio del viaje, la primera parada hacia la total hermandad de los hombres.

❧

Prue era la esclava más triste de la hacienda. Siempre parecía ausente, bebía en cuanto perdía de vista a Dinah y todos la tenían por loca o, peor aún, por alguien con quien era mejor no relacionarse. Yo me la había cruzado tres o cuatro veces; no respondía a los saludos, se marchaba refunfuñando y maldiciendo.

—Estás muy cargada —le dije al verla con una inmensa cesta de mimbre llena de alimentos.

—¡Déjame en paz! —me gritó.

—Lo siento, únicamente quería echarte una mano.

—No necesito tu compasión, prefiero tu desprecio a tu misericordia.

—¿Por qué hablas así? —le pregunté, confuso.

—Eso no te importa.

—Me han dicho que bebes en exceso, no es bueno que...

—¿Qué te importa lo que hago? Sé que me iré al infierno, eso es lo que quieres contarme. No me importa.

—No digas eso —le contesté.

—Los blancos irán al cielo. ¿Tú crees que yo quiero estar donde estén ellos? No, los odio a todos.

Aquella era una reacción normal para muchos esclavos, agotados, angustiados y hastiados de los maltratos que les infligían sus amos.

—¿Quién es tu amo? —le pregunté.

—El panadero Jacques Molier, un verdadero cerdo, aunque no es el peor que he tenido. ¿Quieres escuchar mi triste historia para hablarme de tu Dios? ¿Dónde estaba tu Dios cuando me robaron a todos mis niños? Un vendedor de esclavos fue mi amo durante muchos años. Me obligaba a quedarme embarazada para vender a mis hijos. Uno tras otro, cuando los destetaba, me los robaba y se los vendía a otros blancos. Todos mis hijos, hasta que ya no pude tener más. Casi muero en mi último parto, entonces me vendió como mula de carga al panadero. Bebo porque no quiero pensar, no temo al infierno, esta vida es mi infierno, no me importa lo que me pueda pasar.

No supe qué responderle. Estaba acostumbrado a escuchar historias muy tristes e intentar infundir un poco de consuelo, pero la de aquella mujer las superaba a todas.

—Lo siento —fue lo único que pude responder.

—Ya te he dicho que no quiero tu compasión.

Dejó el pan en la casa y se marchó. Me quedé triste, con la sensación de no haber podido hacer nada por ella.

A la mañana siguiente, mientras estaba al lado de la señora Ophelia, llegó una chica delgada con el pan. Nos extrañó no ver a Prue.

—¿Dónde está Prue? —preguntó Ophelia.

—Prue está en la bodega de la panadería. Al parecer, el amo la descubrió bebiendo. La encerró allí y creemos que ha muerto.

—¿Por qué piensan eso?

—Antes mandó a dos de sus hombres que le dieran una paliza. La dejaron malherida. Una de mis amigas bajó a la bodega por más harina y vio cientos de moscas posadas sobre ella y una gran mancha de sangre.

—¡Dios mío! —exclamó Ophelia.

La mujer se dirigió a toda prisa hacia el salón de la casa. El señor St. Clare estaba leyendo el periódico.

—Augustine, ha sucedido algo terrible.

El hombre cerró el periódico y se quedó mirando a su prima.

—¿Qué ha pasado?

El amo de Prue le ha dado una paliza y la ha matado.

—¿Qué quieres que haga yo? —preguntó con el ceño fruncido.

—Eso es un crimen.

—Aquí no lo es. La esclava es de su propiedad y puede hacer con ella lo que quiera.

—Las leyes de Dios prohíben matar —le contestó su prima, indignada.

—Las de Luisiana son distintas, al menos para los negros.

—¿Te vas a quedar de brazos cruzados? —le comentó al ver que volvía a abrir el periódico.

—No es asunto mío.

—No esperaba eso de ti. Esa mujer era una pobre criatura de Dios, no se pueden permitir estos abusos.

—Vivimos en un estado esclavista, no es que el sistema falle, lo que sucede es que está podrido desde la raíz. No se puede esclavizar a otro ser humano, pero vivimos y aceptamos lo que hay —le contestó.

—Pero pensé que tú eras diferente.

El hombre la miró con cierta tristeza, como si apenas pudiera reconocerse en sus comentarios.

—He luchado contra todo esto, pero no he podido vencer, ahora es mejor que todos asumamos que la esclavitud es un mal necesario.

—Tenemos que denunciar lo sucedido.

—No servirá de nada, querida Ophelia, ya te he dicho que es legal. Aducirá que fue un accidente y ningún juez lo condenará por ello.

—Lo único que te preocupa es beber e ir a esas fiestas terribles —le increpó su prima.

—Estoy cambiando, Ophelia, lo hago por Eva, no quiero que el tiempo que le quede...

No pudo terminar la frase.

—¿Entonces? ¿De qué sirve que cambies si no eres capaz de defender lo justo? —le dijo su prima.

—No sabes por lo que he pasado —le contestó el amo—. Crees que me conoces, pero alguien del Norte es incapaz de comprender cómo son las cosas aquí.

Capítulo XIX

La vida de St. Clare

Londres, 26 de abril de 1853

La ciudad los acogió con los brazos abiertos, incluidas la nobleza y parte de la familia real, desde los duques de Sutherland hasta el conde de Carlisle. El reverendo Kingsley, uno de los pastores más famosos del país, y su esposa querían pasar un momento con ellos. Desde Escocia le llegaron noticias de que se estaban reuniendo fondos para la causa abolicionista en Estados Unidos.

Harriet y su esposo estuvieron tan ocupados que apenas tuvieron tiempo para conocer la zona. Llegaron a Londres unos días más tarde, les recibió el señor Sherman, los llevó a su casa y después les anunció que cenarían con el alcalde de la ciudad.

El salón era muy elegante, la gente parecía más estirada que en Escocia, pero con la misma solicitud con ellos e idéntica pasión por el libro. Los sentaron en la mesa de honor. Enseguida, un hombre vestido de terciopelo se les acercó, se presentó como Lord Chief Baron Pollock. Le dijo que acababa de terminar su libro *La llave de la cabaña del tío Tom*, aunque la mayor sorpresa estaba aún por llegar.

El famoso escritor Dickens se encontraba con su esposa en el evento. Tras la cena, las mujeres se fueron a uno de los salones. Harriet comenzó a hablar con la esposa de Dickens, y apenas llevaban unos minutos de conversación cuando su esposo llegó con el resto de los hombres.

—Querida señora Stowe, estoy encantado de conocerla por fin. Ha conseguido con una sola novela lo que yo no he logrado con una docena.

Su aspecto era mucho más alegre y juvenil de lo que ella había imaginado.

—Soy una gran admiradora de su obra.

—Gracias, ha conseguido que lea una novela norteamericana sin que comience a bostezar. Perdone la arrogancia, pero a muchos autores de su país les encanta describir las estepas inmensas, los bosques centenarios y las montañas. Para alguien como yo, criado en la ciudad, todo eso es demasiado lejano. Amo su causa, señora Beecher, aquí la situación de los obreros no es mucho mejor. Tienen derechos, pero no pueden ejercerlos, son ciudadanos de segunda y los explotan hasta la extenuación.

—El hombre es capaz de convertir el mejor lugar en un infierno.

—Espero que toque el corazón de todos estos nobles. Cuanto mayor es la cartera de una persona, más gruesa es la capa de frialdad de su corazón.

Mientras Dickens se alejaba, Harriet se sentía como en una nube, había hablado con uno de los escritores que más admiraba en el mundo.

El señor St. Clare comenzó a contar su historia a su prima, que lo miraba con los ojos muy abiertos. Sabía que Augustine no era muy hablador y que no le gustaba abrir su corazón a nadie.

—Mi padre era uno de los terratenientes más importantes del condado. Sus orígenes nobles no le granjeaban muchos amigos. La gente de la aristocracia de Luisiana proviene de las viejas familias francesas que se establecieron en la zona hace siglos. Para ellos, nosotros no dejábamos de ser extravagantes canadienses implantados en un lugar que no les correspondía. Era el hombre más recto que he conocido. Nunca mentía, apenas bebía, su rostro adusto reflejaba aquella firmeza de carácter y superioridad que amedrentaba a todo el mundo. Mi madre, ya lo sabes, era todo amor y dulzura. Tenía un gran corazón y amaba a sus dos hijos con toda el alma.

»Mi padre, que era tan justo y recto, pensaba sin embargo que el color de la piel de un hombre lo convertía en superior o inferior. Él era religioso, aunque no piadoso, pensaba que Dios había establecido un orden en todas las cosas, también entre la raza humana.

»Nuestra plantación tenía quinientos esclavos, gobernados por un capataz llamado Stubbs, un hombre cruel y brutal, que no dudaba en utilizar la violencia más cruel con los braceros. Mi madre no lo soportaba y más de una vez impidió que azotaran o mutilaran a alguno de los esclavos, pero al final el capataz habló con mi padre, quien comunicó con mucha educación a mi madre que ella podía encargarse de los sirvientes de la casa, pero que los braceros le correspondían al capataz.

»La cosa no terminó con aquella discusión. Mi madre, siempre que podía, intentaba infundir en mi padre compasión hacia sus esclavos, pero él creía que era imposible mantener la disciplina sin algo de dureza y que su capataz era el hombre adecuado.

—El tío lo que no quería era ejercer esa violencia directamente. Al hacerlo por medio de sus empleados, él no se manchaba las manos —dijo su prima.

—Es cierto, pero nunca logró que mi padre doblegase su naturaleza. Mi hermano gemelo, Alfred, era como mi padre, con sus ademanes aristocráticos y la misma frialdad ante el sufrimiento de los esclavos.

»Al principio, cada uno tenía su papel, cuando mi padre falleció y nos dio en herencia la finca. Mi hermano se encargaba de la finca y los esclavos y yo de la venta del algodón y las transacciones económicas. A pesar de las protestas de mi hermano, logré que los esclavos aprendieran a leer y escribir, también que recibiesen enseñanza religiosa de un pastor. Todo fue inútil, el domingo los pobres esclavos estaban agotados y el maltrato los hacía desconfiar de todo. Imagino que su situación no es mucho mejor que la de los obreros en Europa. Cuando un ser humano es explotado de sol a sol por un mísero sueldo que no le permite vivir, es muy difícil que pueda escapar de esa rueda de maldición.

—¿Cómo dejaste a tu hermano y la plantación? —le preguntó su prima, intrigada.

—Mi hermano me dijo que era como nuestra madre, demasiado sensible para este negocio. Me pagó la parte de la herencia que me correspondía y me dejó a los esclavos de la casa.

—¿Por qué no los liberaste?

—Ya sabes cómo los trato, pensé que era mejor gastar el dinero con ellos. Mientras esté con vida, los mantendré fuera de este sistema terrible. A mi muerte, todos serán libres.

—Una postura noble.

—No, es una postura cobarde. Cuando era más joven soñaba con liberar a los esclavos de sus cadenas, con convertirme en su defensor en el Sur, pero siempre he sido un cobarde. Los grandes empresarios y señores que explotan a sus obreros en Europa no viven con ellos, apenas se relacionan con los que no son sus iguales, pero nosotros vivimos con los esclavos, los vemos sufrir, pero no parece que nos importe.

—Al menos tienes conciencia —dijo la prima.

En ese momento apareció la señora Marie. Estaba con la ropa de cama. A veces pasaba semanas sin dejar su cuarto, pero aquel día había bajado hasta el salón.

—¿Crees que somos unos bárbaros?

—No, prima. Aunque este sistema es diabólico. Mi madre decía que un día regresará Cristo y establecerá su reino y que todo el sufrimiento y el dolor pasarán.

—Eso son leyendas, como las de los negros. Son una raza inferior, aunque los dejáramos libres, no sabrían qué hacer con su libertad.

Ophelia miró a su primo con otros ojos a partir de aquel día. Comenzó a comprender la gran lucha interior que había en su corazón. Rogó a Dios que triunfara en aquella alma desvalida y rota, aunque ella misma aún tenía que ponerse a cuentas con su Creador, porque en lo más profundo de cada hombre y mujer hay un lodo cenagoso que, si no se extirpa, termina por producir la más venenosa de las hierbas.

Capítulo XX

Topsy

París, 4 de junio de 1853

Harriet echaba de menos a sus hijos, nunca había estado tanto tiempo alejada de ellos. A veces se sentía culpable de anteponer su carrera a su familia. Sabía que eso era lo que habían hecho los hombres desde que el mundo era mundo, pero a ella la habían educado para poner a la familia en el primer lugar de su vida.

Tras unos días de descanso, llegaron a Francia con pocas expectativas. No creían que su libro hubiera alcanzado en aquel país la fama que habían conseguido en Inglaterra o Estados Unidos. La ciudad los fascinó. La gente paseaba por los bulevares y los increíbles parques y parecía casi indiferente a la belleza que podía contemplarse en cada esquina.

Los Stowe no cesaban de mirar los escaparates. Harriet disfrutaba viendo los cientos de productos que jamás había encontrado ni en las mejores avenidas de Nueva York.

Al día siguiente de llegar, Harriet y su esposo acudieron a un estudio de pintura. El señor Belloc iba a dibujar su retrato. Al parecer, los franceses querían descubrir el rostro de la escritora que estaba tras la novela. Después visitaron a uno de los libreros más famosos de la ciudad, el señor Champertier.

—Querida escritora, es un honor para mí tenerla en mi casa —dijo el hombre mientras la recibía en su tienda.

—Gracias por su invitación.

—Es un honor.

—Muchas gracias —le contestó ella.

Los franceses podían ser muy halagadores cuando querían, pero eran tremendamente francos también.

—Si le soy sincero, al principio el libro se vendió bien, pero no mucho más que otros. Después, me di cuenta de que casi todo el mundo lo había leído. Yo soy un amante de los clásicos, pero un día vi a un buen amigo mío con un ejemplar. Es uno de los hombres más ilustrados de Francia y le pregunté cómo era que lo estaba hojeando. Él me contestó que era el mejor libro que había leído en años, que lo que más le había impresionado era la naturalidad y sencillez del texto. Entonces lo leí y caí en sus manos para siempre.

El encuentro fue muy agradable, pero los Stowe tenían que partir para Alemania. Tomaron un tren hasta la Borgoña, en la bella localidad de Chalons-sur-Saône, desde allí a Lyon, Grenoble y otras ciudades de Francia. El viaje fue muy precipitado, en una de las diligencias más rápidas de Europa. Unos días más tarde, marcharon a Ginebra, en Suiza.

En la ciudad los esperaba una nueva multitud, desde las personas más humildes a las de más alta cuna. Todas las mujeres le pedían que escribiera una nueva obra y le decían que su libro había iluminado sus noches frías y tristes. Eso hizo reflexionar a la escritora. ¿Cómo era posible que la gente pudiera disfrutar con las calamidades de su pobre personaje Tom? Era tan distinto a todos ellos, sus mundos eran tan diferentes, que apenas comprendía cómo podían entenderlo. Al final se dio cuenta de que los sentimientos humanos son universales, la tristeza y la alegría que anidan en el corazón de un esclavo son las mismas que en la casa del príncipe más noble.

Hay regalos que nos cambian la vida. Es cierto que los esclavos no solemos recibir muchos ni muy caros, pero a veces lo que más nos gusta es el corazón del que ha pensado en nosotros y buscado cómo hacernos aquel presente.

Mi madre amaba hacernos regalos, a veces eran cosas insignificantes envueltas en papeles de colores, pero quería que nos sintiéramos especiales. El regalo que el señor St. Clare había hecho a su prima Ophelia era una de las pruebas más duras a las que tenía que enfrentarse en su vida.

El señor St. Clare entró en su casa gritando, un comportamiento muy poco habitual en él.

—¡Querida prima! ¡Ven, tengo algo que enseñarte!

La prima bajó algo nerviosa, no sabía para qué la requería de aquella manera Augustine.

—He traído un regalo —dijo mientras ponía delante de la mujer a una niña de unos ocho años.

—No lo entiendo, ya sabes lo que pienso de la esclavitud —le contestó aturdida la mujer.

—Siempre nos das sermones sobre cómo debemos educar a Evangeline. Además, puedes poner en práctica en ella todas tus teorías sobre la elevación del esclavo del estado de ignorancia al estado de autoconocimiento —dijo St. Clare con ironía. Su fuero interno padecía cada vez más, aquella lucha interior lo tenía agotado y su alma estaba a punto de sucumbir.

—Nunca tendré una esclava. Las personas no pueden poseerse como propiedades. ¿De dónde la has sacado?

—Era la friegasuelos de una cantina. Sus amos le pegaban todos los días y la trataban peor que a un perro. Nadie la ha criado, es una verdadera salvaje. No lo tendrás fácil, pero el reto debería estimularte. Edúcala y sálvala, al menos dejarás de darnos sermones a los demás sobre lo que tenemos que hacer.

La niña la observó con sus inmensos ojos negros.

—¿Cómo te llamas, querida? —le preguntó con la mayor dulzura posible en una mujer tan rígida como Ophelia, que desconocía por completo el amor maternal.

—Hola, señora...

—Es tu ama —le insistió el señor St. Clare.

—Ama.

—Llámame Ophelia. ¿Cuántos años tienes?

—No lo sé. Nunca conocí a mis padres —dijo la niña, con una mirada tan viva que hasta la buena señora comprendió que no sería muy fácil domar a aquella fierecilla.

Desde aquel momento, las travesuras de Topsy lograron sacar de quicio a la prima del amo. El día que no rompía un jarrón valioso, robaba algo o se dedicaba a llenar la casa de excremento de caballo. Con la única persona con la que se comportaba bien era con Evangeline, que cada día parecía más débil y delicada.

—¿Por qué te portas tan mal? —le preguntó un día Eva mientras las dos estaban cerca del lago.

—No lo sé, pequeña ama. No lo puedo evitar, soy mala. Me crie entre borrachos y maldecidores, no conozco otra cosa que el palo y el látigo. No tengo remedio. ¿Verdad?

—Todos somos malos. Yo también lo soy, te lo aseguro, por mi cabeza pasan cientos de ideas, pero Dios me ayuda a mejorar. Tú también puedes tener su ayuda.

—No creo que Dios me ame —escuché que le decía a Eva.

—¿Por qué dices eso?

La niña se quedó un momento pensativa.

—Mire mi piel, es negra y fea. No tengo vestidos bonitos ni unos padres, ni siquiera una casa.

—Eso no lo hizo Dios, lo hicieron las personas malas.

—¿Por qué Dios lo permitió? Él es bueno, ¿verdad?

Eva se quedó unos segundos pensativa y después me miró.

—Explícaselo tú, Tom.

Miré a la niña, me recordaba a mi hija cuando era pequeña.

—Dios creó al hombre y le dio el más bello de los jardines. No tenía que trabajar mucho ni esforzarse; además le dio a su mujer, la persona más bella y buena de la tierra. Los dos eran felices, pero Dios les prohibió que comieran del fruto de un árbol de ese jardín. Les advirtió que si comían de ese árbol morirían.

—¿Era venenoso? —peguntó Topsy muy seria.

—Sí, pero su veneno era retardado, la persona no lo notaba en el momento. Una serpiente, que era el diablo, les dijo que comieran, que no morirían, pero sabrían qué era el bien y el mal. Ellos comieron, desobedecieron a Dios, y Dios los echó de ese jardín. Nosotros somos sus hijos. Como ellos, somos desobedientes. Dios siempre nos deja escoger, somos libres, pero mucha gente usa mal esa libertad.

—Yo no soy libre —dijo la niña.

Me quedé pensativo. Aquella niña era consciente, a pesar de su corta edad, de que era una esclava. Desde muy pequeña la habían tratado peor que a un animal.

—Puede que tengamos un amo en la tierra, pero Dios nos ha hecho libres —le contesté emocionado. Había visto a hombres dueños de grandes fincas, a negreros crueles, a aristócratas que se creían poderosos, pero estaban esclavizados por el diablo y sus vicios. A veces las cadenas más pesadas no son de hierro, están dentro de un corazón en el que no hay lugar para el amor.

Capítulo XXI

En casa

Seminario Teológico de Andover, Massachusetts, 5 de diciembre de 1853

*L*a llave de la cabaña del tío Tom fue un nuevo éxito en cuanto salió publicada. La gente parecía ansiosa por conocer más sobre el libro, su gestación y el trasfondo de los personajes. Harriet sentía que en aquella nueva obra había dado mucho de sí misma, exponiendo sus sentimientos e impresiones de manera prácticamente transparente, pero esperaba que al menos sirviera para frenar e incluso impedir que se extendieran más bulos y difamaciones contra ella y su libro.

No quería contar al mundo que el primer impulso del libro nació del encuentro en aquella iglesia con un desconocido. Sabía que Dios los había reunido de alguna forma, que la había elegido para sacudir la mesa en la que se sentaban amos, reverendos, empresarios y los millones de personas que parecían indiferentes a los siervos que apenas podían tomar las migajas que caían de la mesa.

Aquella tarde decidió salir a pasear con sus hijos más pequeños, sentía que las cuatro paredes de su casa la aprisionaban. Hacía mucho frío y aún quedaban en los jardines los restos de la última nevada, aunque, al estar tan cerca del mar, el clima era más benévolo que tierra adentro.

Mientras caminaban, se paró a su lado un hombre todo vestido de negro.

—¿Es usted la famosa escritora Harriet Beecher Stowe?

No supo cómo reaccionar, aún no estaba acostumbrada a aquel tipo de situaciones.

—Me temo que sí —contestó entre halagada y molesta.

—Es un placer conocerla en persona. He leído sus dos libros, creo que son muy interesantes y necesarios.

—Gracias —dijo mientras comenzaba a caminar de nuevo.

—¿Tiene un par de minutos?

—Estoy con los niños —se excusó.

—Pueden jugar en el parque, he venido desde Nueva York para conocerla.

No supo qué contestar. Dejaron a los niños jugar un momento en unos balancines y ellos se sentaron en un banco. Era una situación incómoda, aquel hombre, a pesar de su aspecto respetable, no dejaba de ser un desconocido.

—En la ciudad de Nueva York todo el mundo habla de su libro. Ya sabe que, si hay una ciudad en este país en la que la gente presume de estar a la moda, es esa. La causa abolicionista tiene muchos seguidores, hay clubs y asociaciones que luchan por los derechos de los esclavos. Yo pertenezco a una y dirijo una publicación trimestral, por eso estaba tan interesado en conocerla.

—Oh, pues en ese caso puedo dedicarle unos minutos. Ya sabe que mi familia y mi esposo son defensores de la liberación de los esclavos.

—Su familia es muy conocida, también su causa a favor de la libertad. He leído, como ya le he comentado, atentamente su libro. Creo que tiene elementos dramáticos notables y sin duda engancha a los lectores, especialmente a las lectoras.

Harriet solía sentirse incómoda ante los elogios, su educación calvinista le impedía cualquier tipo de presuntuosidad.

—Gracias, pero era mi deber...

—Lo que no me ha gustado es el comportamiento de sus personajes. En especial de Tom. Ese hombre es un esclavo de la peor especie. Pusilánime, cómplice de sus amos, actúa siempre de una forma sumisa, incapaz de defender a su pueblo. Creo que es el antimodelo y el antihéroe. Imagino que, para muchos de los blancos, aun para aquellos que se declaran abolicionistas, es sencillo pensar que los negros cristianos son más razonables que los que no lo son, pero la realidad es que contribuyen a perpetuar un modelo.

—¿Preferiría a un Tom que mata y roba? —le preguntó ella, algo indignada.

—Sin duda, esas son las reacciones naturales del ser humano ante la injusticia.

La mujer no salía de su asombro.

—¿Puede una injusticia resolver otra? Si los esclavos se liberan matando y robando, ¿en qué se diferenciarán de sus amos?

—Ya le he dicho que es una cuestión de justicia. Creo, señora Beecher, que en el fondo es una racista, piensa que los negros no pueden liberarse por ellos mismos, que dependen de nosotros para conseguirlo.

—La única justicia en la que creo es la divina, la ira del hombre no obra la justicia de Dios —le contestó la mujer. Nunca solía alterarse, pero no le gustaba nada lo que insinuaba aquel individuo.

—Sus personajes negros son todos tontos que el hombre blanco ha corrompido, como si los negros no tuvieran su propia conciencia. Por no hablar de su querida Eva comparada con las niñas negras. La niña blanca, buena y perfecta; las negras, malvadas y pecadoras.

La mujer se puso en pie.

—Me temo que no ha comprendido nada. Nada en absoluto.

—Lo que le comento lo piensan muchas personas —dijo el hombre, importunándola.

—No lo dudo, pero son muchas más las que han visto en el libro un mensaje de atención a la conciencia de este país.

—Su libro retrasará la liberación de los esclavos. Ahora todo el mundo cree que son verdaderamente inferiores y necesitan a los blancos para sobrevivir.

—Esa es su opinión, pero Dios sabe que lo que he intentado es hacer una llamada, qué digo, un grito de desesperación sobre la lucha moral a la que se enfrenta nuestro país. Esta nación se creó sobre principios cristianos eternos. Se la bautizó como la tierra de la libertad, donde nadie sería perseguido por sus creencias o ideologías, pero al mismo tiempo, al lado de la planta sagrada de la libertad, se plantó el veneno de la esclavitud. Tenemos que extirpar ese mal para salvar la República —dijo Harriet mientras llamaba a los niños.

—Su libro será recordado como un insulto a los negros y una piedra de tropiezo para su liberación. Escribiré un artículo sobre esta conversación. Nunca imaginé que la autora de *La cabaña del tío Tom* fuera tan soberbia.

—No me considero una santa, señor. Soy una pecadora como usted, pero sirvo a un Dios que es capaz de cambiar el mundo y a su Hijo Jesucristo que transformó mi vida. Estoy segura de que algún día, en este país, nadie será discriminado por el color de su piel, pero, para que llegue ese día, esta nación debe arrepentirse ante Dios y rogarle que por su misericordia cambie los corazones de todos nosotros.

Mientras se alejaba de aquel individuo, sus últimas palabras aún sacudían su conciencia. ¿Tendría razón en sus críticas? Tal vez, sin darse cuenta, estaba perpetuando unos estereotipos de hombres y mujeres negros que impedirían su total emancipación del hombre blanco.

Muchas veces pensamos que las palabras y las buenas intenciones se las lleva el viento. Mientras mi vida se desarrollaba en Luisiana, mi familia y amigos en Kentucky continuaban buscando la forma de que pudiera volver a casa.

Desde mi salida de la granja, y tras tantas vicisitudes, no había podido escribir a mi amada esposa Chloe. Su carta de vuelta me emocionó. Todos me echaban de menos y los amos seguían discutiendo sobre mi situación, según me contó.

La señora Shelby se encontraba muy contenta de que hubiera terminado en el hogar de los St. Clare, aunque sabía por todo lo que había tenido que pasar antes de que Eva convenciera a su padre de que me comprase. El señor Shelby parecía sentirse aliviado. A pesar de las excusas que había puesto, le remordía la conciencia al tener que haberme vendido a un negrero en aquellas circunstancias.

Estaban en plena discusión cuando mi esposa entró en el salón.

—Les pido disculpas, pero necesito hablar con los dos.

Los Shelby se miraron asombrados, pues Chloe solía ser una mujer discreta y comedida, nunca les pedía nada ni se quejaba del trabajo.

—Ya saben que he recibido noticias de mi Tom. Al parecer, se encuentra en una casa donde lo cuidan y aprecian. Doy muchas gracias a Dios por ello, pero mi alma no descansa.

—¿Por qué razón? —le preguntó el señor Shelby.

—Ustedes nos enseñaron que, para Dios, el matrimonio entre esclavos es tan sagrado como el de los blancos. Nosotros nos casamos hace años, la ceremonia fue muy bella y ustedes ejercieron de padrinos. No quiero estar lejos de mi esposo.

El señor Shelby frunció el ceño, parecía algo molesto por los reproches de la mujer.

—Nunca les he pedido nada. Tras la partida de mi esposo he continuado trabajando como siempre. La marcha de Tom ha dejado un profundo vacío en todos nosotros, pero yo soy su esposa, carne de su carne. Necesito volver a verlo.

—Lo lamento, Chloe, pero aún no nos hemos recuperado de nuestras deudas. Ya sabes que le he prometido...

—Perdone que lo interrumpa, amo. No quiero que compre a Tom, lo que necesito es que me libere a mí. Un familiar me ha comentado que una pastelería en Louisville está buscando una repostera. Creo que podría hacer bien ese trabajo.

—Louisville está muy lejos —dijo la señora Shelby, que deseaba traerme a mí de nuevo a la granja, pero no perder a una de las mejores cocineras de la comarca.

—Ya lo sé, pero así estaré más cerca de mi querido esposo y lograré reunir una suma suficiente para liberarlo. Puede que tarde meses o años, pero no puedo quedarme aquí con los brazos cruzados.

—¿Quién se hará cargo de la cocina? —preguntó el ama.

—Sally ya tiene la suficiente experiencia para llevar la cocina. En los últimos meses he intentado prepararla para este momento.

La señora reflexionó unos instantes y al final le dijo:

—Si mi esposo no tiene inconveniente, te liberaremos hoy mismo. Te vamos a echar de menos. Tienes que estar donde esté tu esposo, yo haría lo mismo en tu situación.

—Gracias —dijo Chloe con una sonrisa en los labios.

Mientras se dirigía a su humilde cabaña, se encontró con el señorito George.

—Pareces muy feliz —le comentó al verla sonriendo. Mi querida esposa llevaba meses sin esbozar ni la más mínima expresión de alegría.

—Me voy mañana, estaré más cerca de mi Tom —le contó la mujer.

—Quiero que le lleves una carta de mi parte. ¿Lo harás por mí?

—Naturalmente —dijo, entrando en su cabaña. Le parecía muy triste y solitaria sin mí. Pensó que muy pronto volveríamos a reunirnos, aunque los hombres no son los que manejan su destino. Ya lo dijo el apóstol Santiago en su epístola, que el hombre planea, pero todo está en manos de Dios y es absurdo pedir o hacer nada fuera de su voluntad.

~⊛~ Capítulo XXII ~⊛~

El hermano del amo

Seminario Teológico de Andover, Massachusetts, 1 de octubre de 1855

En ocasiones, las dificultades de una nación crecen por querer minimizar los problemas pequeños. El regreso de los Stowe a su casa les hizo volver rápidamente a la cotidianidad. Mientras habían permanecido en Europa, se les había olvidado que en su país continuaba fraguándose un enfrentamiento entre dos formas radicalmente opuestas de entender el mundo. Mientras continuaban incorporándose nuevos territorios al país, el debate de si estos debían o no ser esclavistas continuaba de la forma más virulenta. En el tratado de Misuri se estipulaba que, para mantener el equilibrio de fuerzas entre estados esclavistas y no esclavistas, no se permitiría a más estados convertirse en favorables a la esclavitud. Nuevo México y Utah eran territorios en los que se permitía la posesión de esclavos, pero Kansas y Nebraska debían permanecer como no esclavistas. Muchos proesclavistas se instalaban en Kansas para influir en la opinión pública y las leyes del estado. Harriet veía estas circunstancias con preocupación.

Su hermano, Henry Ward Beecher, era uno de los más activos contra la esclavitud. Llevaba un par de días en su casa cuando se desató una discusión.

—No creo que un pastor de la Palabra pueda dedicarse a enviar rifles a los estados del Oeste para combatir a los proesclavistas —dijo Calvin, que era un pacifista convencido.

—Son Biblias, no rifles —comentó Henry con su sonrisa picarona.

—Sabemos perfectamente qué transportan las cajas —le contestó su cuñado.

—A veces, las palabras no son suficientes para frenar a los malvados —comentó Henry.

—Eso es cierto, pero nosotros, como cristianos, no podemos apoyar los actos violentos —apuntó Calvin.

—¿Cuántas veces mandó Dios a su pueblo exterminar a los paganos? Si Israel pecó de algo fue de no cumplir las órdenes de Dios y masacrar a aquellos pueblos idólatras y crueles. El corazón del pueblo de Dios se fue tras los dioses de las otras naciones por esa causa.

Harriet negó con la cabeza. Su hermano era más aficionado al Antiguo Testamento que al Nuevo.

—No es con espada ni con ejército, sino con su Santo Espíritu.

—Diles eso a los esclavistas. Ellos llevan armas de verdad y no están dispuestos a ceder ni un centímetro.

Henry resopló, su hermana podía ser mucho más persuasiva que el bueno de Calvin.

—Los del Oeste no son como los cultivados señores de Nueva Inglaterra. Ellos disparan primero y preguntan después. Imagina que un búfalo viniera contra ti con toda su fuerza. ¿Qué harías? ¿Sacarías el rifle o la Biblia? Contra esta manada de salvajes, la única respuesta es la fuerza.

—Se te olvida que nuestro Maestro dice que amemos a nuestros enemigos y que bendigamos a los que nos maldicen.

—Lo único que sé es que ahora Lawrence, Topeka y Manhattan defienden nuestra causa y que ninguno de esos malditos sureños ha intentado nada allí. En tu libro dejas muy claro qué tipo de calaña son los del Sur.

—Eso no es cierto —se quejó Harriet, estaba cansada de que todo el mundo interpretara que ella creía que los del Norte eran mejores personas y cristianos que los del Sur.

—Los personajes más detestables, como el señor Haley o Simon Legree, son del Sur.

—Eso es cierto, hermanito, pero también el noble St. Clare y los Shelby son sureños que están en contra de la esclavitud.

—Esas bestias están aprobando leyes que rompen el consenso del país. Además de permitir la esclavitud, llevan meses robándoles las tierras a los indígenas, sus legítimos dueños.

—La solución no está en la violencia —dijo Harriet.

—Puede que tengas razón, pero, si las cosas no cambian, me temo que la violencia será la única forma que nos quede de hacer justicia.

Las palabras de su hermano la estuvieron persiguiendo durante días. Se sentía en parte responsable de lo que sucedía. La nación parecía enfrentada en dos bandos irreconciliables. La Biblia deja claro que un reino dividido contra sí mismo no puede prevalecer.

El tiempo es siempre un ladrón implacable. Primero nos roba la niñez, la época más feliz del hombre. Después nos hurta la juventud, la edad de las grandes esperanzas, para por fin quitarnos la salud y, por último, la vida.

En el caso de Eva, el tiempo quería arrebatarle todo a la vez. Conocía a mucha gente que merecía la muerte: amos crueles, capataces asesinos, esclavos violentos capaces de hacer daño al ser más inocente, padres inmisericordes, hombres y mujeres que habían perdido toda sensibilidad y cauterizado su conciencia...

Al lado de Evangeline me sentía como si estuviera en otro mundo. Leíamos sus libros preferidos, en especial la Biblia, también escribíamos cartas y me ayudaba con este diario. Gracias a ella mejoré mi vocabulario y, sobre todo, mi letra. Podíamos pasar la mayor parte del día juntos, sin nadie más. A medida que empeoraba, ya no podía correr y jugar, pero sí leer y escribir.

Le canté una de mis canciones preferidas sobre la Nueva Jerusalén y la niña me pidió que le explicase dónde se encontraba.

—La Nueva Jerusalén está en el cielo, aunque dice la Biblia que el mismo Dios la hará descender un día para que sea su morada eterna.

—Será un lugar increíble.

—Sí, señorita. En ella habitarán todos los espíritus de luz, los ángeles, nuestros consiervos en la tarea de dar gloria a Dios.

—Anoche soñé con ellos. Son hermosos, tan bellos como una noche de verano repleta de luciérnagas. A nuestro alrededor hay tanta oscuridad... El mal se puede percibir en los ojos de muchas personas, pero también en la ausencia de misericordia y piedad.

—Los sueños son deseos incumplidos —le expliqué.

—Pero el Apocalipsis es un sueño que Dios le dio al apóstol Juan para que supiera lo que sucedería en los últimos tiempos. José tenía sueños sobre lo que iba a pasar. Dios me está mostrando que me queda poco, en un abrir y cerrar de ojos estaré en esa hermosa ciudad celestial.

Sus palabras me hicieron sentir un escalofrío. No había nadie que anhelase más ir al cielo que yo, pero la señorita Eva tenía toda la vida por delante.

—Quiero que ayudes a mis padres a que se acerquen más a Dios. Temo por sus almas.

—No se preocupe por eso.

Ophelia llegó al jardín y, al vernos, regañó a la niña.

—Hoy hace mucho frío para estar aquí afuera. No quiero que enfermes.

Eva le sonrió, era cierto que el rocío comenzaba a calarnos los huesos, pero me encontraba tan entretenido con la conversación que apenas me había apercibido.

La niña siguió a Ophelia y entró en la casa. En ese momento apareció por allí Topsy, que aquella tarde parecía algo triste y preocupada.

—¿Qué te sucede, niña?

—Nada, cosas mías.

—¿Ya has hecho alguna de las tuyas?

La niña encogió los hombros al verse descubierta.

—¿Por qué te comportas de esa manera? ¿No ves que la señora Ophelia te quiere mucho?

La niña negó con la cabeza.

—No es verdad.

—¿Por qué piensas eso? Conozco bien a las personas y la señora Ophelia te quiere.

—Nunca me abraza, no se atreve a tocarme. Lo único que me dice son cosas malas, para ella no soy más que una molestia.

Me entristeció que la pobre niña pensara de esa manera. La señora Ophelia no sabía que la forma más directa para llegar al alma de un niño es el corazón.

Escuchamos un carruaje acercarse. Un cochero negro conducía la suntuosa carroza. Miré a sus dos acompañantes, un hombre y un niño que debería ser su hijo.

—¿Quiénes son? —pregunté a Adolph, que se apresuró a ayudar a los invitados a bajar del carruaje.

—Es el amo Alfred, el hermano del señor. El pequeño es su hijo Henrique.

Mientras los dos se acercaban a la casa, sentí que no eran iguales a Augustine y Ophelia, una brillante oscuridad parecía opacar sus almas. Me parecía increíble que dos hermanos gemelos fueran tan diferentes por dentro y por fuera.

~~Capítulo XXIII~~

Una hija inocente

Seminario Teológico de Andover, Massachusetts, 20 de diciembre de 1855

Mientras la violencia parecía extenderse por todo el país, Harriet comenzó a redactar un segundo libro sobre la esclavitud. Lo había meditado mucho y había pedido consejo a su esposo. No quería echar más leña al fuego, pero tampoco quería permanecer con los brazos cruzados.

A pesar de que le pedían muchos artículos y conferencias, intentó buscar el tiempo necesario para la investigación y la escritura del libro. La nueva novela tenía como intención mostrar el perjuicio de la esclavitud entre los blancos, además de denunciar la pasividad en algunos casos y, en otros, la complicidad de ciertos grupos religiosos.

La idea le había nacido de una revelación en Virginia en el año 1881, promovida por un esclavo llamado Nat Turner. Una noche de verano, mientras afuera se desataba una terrible tormenta, las hijas de Harriet fueron a su habitación asustadas. La encontraron tumbada en la cama en silencio, mirando la tormenta con total tranquilidad. Después les dijo:

—Acabo de describir una tormenta y quería comprobar si lo he hecho de manera realista.

—¿Estás escribiendo una nueva novela?

—Sí, una historia trágica y fascinante. Después de *La cabaña del tío Tom*, me preguntaba qué podría escribir. Imagino que las expectativas de los lectores son muy altas y, durante un tiempo, la simple idea del fracaso no me ha permitido ponerme a escribir.

—¡Eso es fantástico! —exclamaron sus hijas a coro.

—Lo que temo es que pueda levantar más odio y suspicacia en el país.

—A veces, cuando la tormenta está más cerca, eso significa que no tardará en pasar de largo —le contestó la mayor.

Harriet se incorporó y miró a sus hijas.

—Dios pone sobre nosotros un peso que muchas veces es difícil de soportar, pero imaginen que logremos cambiar el voto de muchas personas y conseguir que llegue a este país un presidente, un representante de la nación, lo suficientemente valiente para cambiar la cosas.

—¿Crees que algún presidente se atreverá a abolir la esclavitud? —le preguntó la mayor.

—Dios tiene un hombre especial para cada momento de la historia. En ocasiones, únicamente hay que esperar el momento oportuno.

La llegada de Alfred y su hijo Henrique fue como una especie de revolución en toda la casa. La esposa de Augustine se levantó de la cama y se arregló por primera vez en meses. Ophelia no paraba de dar órdenes a los criados para que todo estuviera listo. El amo parecía más incómodo que contento por la llegada de su hermano gemelo. La única que aparentaba cierta calma era Eva, aunque su primo Henrique era el mismo diablo.

Henrique tenía el mismo porte aristocrático de su padre, unos ojos oscuros y el perfil patricio de quien se siente superior a todos los que lo rodean. Únicamente tenía dos aficiones: montar a caballo y martirizar a sus esclavos.

Dodo era uno de los mozos encargados de los caballos. Henrique se asomó por las cuadras y, al ver que su caballo no estaba cepillado y preparado para montar, gritó al chico:

—¡Maldito perro! ¡Eres un holgazán como toda tu estirpe negra!

Aquel indolente joven, que llevaba una vida ociosa y se mantenía en la brutalidad de su progenitor, quería darle lecciones de diligencia en el trabajo al joven que se ocupaba de la casi docena de caballos y que los mantenía sanos y en forma.

Henrique levantó la fusta y comenzó a golpear al muchacho.

Yo pasaba en aquel momento por allí e intenté que parara.

—Amo, Dodo limpió su caballo, pero este se ha tumbado en el lodo y se ha revolcado en él.

—¿Quién es este negro viejo? —preguntó a su prima, que había salido a cabalgar con él y se sentía indignada por lo que estaba sucediendo.

—Tom es mi amigo. Si él dice que Dodo hizo bien su trabajo es porque lo ha visto.

El chico se metió los dedos en los oídos.

—¿He escuchado bien? ¿Has dicho que ese negro es tu amigo? Mi padre siempre ha dicho que sois la parte más peculiar de la familia, pero tener amigos negros es lo más absurdo que he escuchado jamás.

—Pues Tom es mi amigo. Puede que tú no tengas muchos —comentó Eva.

—Dodo es un vago y, si yo digo que no ha hecho bien su trabajo, ningún negro puede llevarme la contraria.

Los dos padres observaban la escena desde el gran porche trasero de la casa.

—Mi Henrique es algo salvaje, pero tiene claro qué lugar le corresponde a cada uno en la sociedad.

—Pensé que eras republicano. ¿Desde cuándo los republicanos no defienden que «todos los hombres nacen libres e iguales»?

Alfred sonrió a su hermano. Echaba de menos sus discusiones sobre política. En su casa no tenía ningún gran conversador. Además, nadie se atrevía a llevarle la contraria. Ni su esposa, que para nada se parecía a la fiera Marie.

—Thomas Jefferson era un afrancesado. Salta a la vista que los hombres no nacen libres ni iguales. Ni siquiera se puede llamar hombres a esas bestias negras.

—Me sorprenden tus palabras.

—La democracia está bien para la élite, pero la chusma no debe votar ni dar su opinión. Los más ricos, sabios y poderosos estamos destinados a gobernar esta nación.

—La chusma ya se levantó en París y cortó las cabezas de los que se oponían a sus derechos —apuntó Augustine.

—Eso fue hace tiempo, ahora la cordura ha vuelto al mundo.

—No hace tanto que en Haití tomaron las armas y les cortaron el cuello a todos sus amos.

Alfred tomó un sorbo de limonada, a esa hora todavía no bebía alcohol.

—Siempre sacan el mismo argumento. Esos franceses no tienen nuestra sangre anglosajona. Somos superiores no solo a los negros, también a esos latinos católicos.

—Muchos de nuestros esclavos tienen sangre anglosajona. Hay miles que han nacido bastardos. ¿Aún piensas que no se pueden rebelar contra nosotros? ¿Hasta cuándo aguantarán las humillaciones a las que los tenemos sometidos?

—Podrías dedicarte a la política, hermano.

—La política es el juego de los engaños y yo, querido hermano, soy demasiado viejo para engañar a la gente.

—Pues haz algo, educa a tus negros, ya verás que jamás saldrán de su brutalidad ancestral.

—Entonces, tu hijo Henrique, sin modales e impulsivo, ¿es mejor que esos esclavos?

Alfred pareció enfurecerse, pero al final intentó controlar su ira.

—Henrique es un joven impulsivo, como nosotros lo éramos a su edad. Madurará con los años.

—Nuestro padre nos educó de otra manera.

—Somos muy diferentes, Augustine, no he venido hasta aquí a discutir. No sé cómo, pero por tus venas corre la misma sangre que por las mías. Mientras estés vivo seguirás siendo mi hermano y te apreciaré.

La campana de la comida paró aquel asalto entre los dos hermanos. Eran dos naturalezas tan distintas que a veces me pregunto si la bondad humana es el resultado de la herencia o de la misericordia de Dios. Sin duda, es de lo segundo. Los hombres no nacemos buenos, pero hay un Creador que es capaz de cambiar nuestro carácter y convertirnos en mejores seres de lo que éramos cuando pusimos un pie sobre esta tierra.

∽Capítulo XXIV∼

Morir

Seminario Teológico de Andover, Massachusetts, 1 de mayo de 1856

La experiencia de su último libro hizo que pusiera tierra de por medio antes de conocer la opinión del público y la crítica. La salida de *La cabaña del tío Tom* y el éxito repentino la habían desestabilizado mucho, por eso un viaje al otro extremo del mundo le parecía la mejor forma de olvidarse de todo y dejar que las cosas se desarrollaran por sí solas.

Los escritores siempre sufren una pequeña crisis tras dar su libro a la imprenta. Cierran una etapa irrepetible de sus vidas y viven un pequeño duelo. La pérdida es difícil, todas esas horas de desvelos y dudas dejan paso a la emancipación del libro, que como un hijo abandona el hogar para no regresar jamás.

Ahora que Harriet tenía más tiempo, que sus hijos eran mayores y no la necesitaban tanto, la literatura se había convertido en el único aliciente de su vida. A veces echaba de menos los gritos, las prisas y la casa llena de niños. El silencio le producía cierto desasosiego, por eso el final de aquel libro fue más desafiante que el primero. Por otro lado, la inquietaba decepcionar a sus lectores. Era difícil que encontrara a un personaje como Tom, con su fuerza y humanidad.

En la nueva novela, la protagonista era una joven llamada Nina Gordon, heredera de una hacienda que apenas tenía valor. Su hermano, Tom Gordon, era un borracho y cruel propietario de esclavos que odiaba a Harry, el mejor bracero de la plantación de la mujer. Nina duda si casarse con Clayton, un hombre liberal e idealista que la pretende. Harry es el hermanastro mulato de Tom y Nina, aunque la mayoría de la gente lo ignora. Dred es un esclavo fugitivo que está intentando promover una rebelión y piensa que Dios lo ha elegido para salvar a su pueblo.

Harriet sabía que su nueva obra iba a ser aún más polémica que la anterior, pero mientras la escribía había sentido el mismo impulso que con *La cabaña del tío Tom*. La única diferencia era que ahora era consciente de que la ficción poseía un poder del que hasta ese momento muy pocos se habían apercibido. Temía que sus palabras fueran como dardos envenenados que terminaran de matar al cuerpo de una nación enferma.

Los gritos de Ophelia se escucharon por toda la casa. La mujer andaba siempre detrás de la pequeña Topsy, que cometía todo tipo de travesuras. Todos subimos alarmados a la segunda planta. Ophelia tenía uno de sus sombreros favoritos totalmente desmontado.

—¿Qué te sucede, prima? —le preguntó el señor St. Clare.

—Esta niña del diablo ha destrozado mi sombrero. Ya no puedo más, lo he intentado todo.

—Ya te dije que era imposible educar a estos salvajes —dijo la señora St. Clare.

—Tienes razón, desisto.

—¿Qué tipo de evangelio predicas, prima? ¿Para qué envían misioneros a todos los lados del mundo si tú no puedes educar a una sola niña? Creo que ese Cristo del que hablas es una leyenda; puede que hermosa, pero no mejor que los cuentos de hadas.

En ese momento escuchamos en la habitación de al lado a Eva hablando con Topsy, que lloraba amargamente.

—¿Por qué te comportas de esa manera con Ophelia?

—No quería hacer ningún daño, pero, como soy mala, no puedo evitarlo.

—Tenemos que amar a los que nos rodean, como te amaban tus padres.

—Yo no tuve padres, ama Eva.

—Pues tus hermanos.

—Me crie sola. Nunca nadie me ha amado.

—Pero Ophelia sí te quiere.

La niña se tapó los ojos, parecía muy angustiada y triste.

—La señora me odia porque soy negra. Nunca me ha tocado ni me ha dado un abrazo. Mi maldita piel le da asco.

—Tu piel es hermosa —dijo Eva, con un nudo en la garganta. No soportaba ver sufrir tanto a la pobre niña.

—A ella le repugna, lo noto cada vez que se acerca a mí.

—Hay alguien que te ama tal como eres —declaró Eva.

La niña abrió mucho los ojos, como si no pudiera creer lo que decía.

—¿Quién? —preguntó impaciente.

—Jesús te ama con todo el corazón. Él murió por ti en la cruz.

—¿Murió por mí?

—Sí, por todas esas cosas malas que haces. Él te ve perfecta, te creó como eres y te ama con un amor eterno.

Las lágrimas de las dos niñas se tornaron de la tristeza a la felicidad. Aquella preciosa agua salada tenía el poder de limpiar la pena. Los demás que escuchábamos en la habitación de al lado sentimos un pellizco en el alma.

—Dios mío —dijo el señor St. Clare, intentando aguantar el llanto.

Ophelia comenzó a llorar, corrió la cortina y se agachó frente a la niña.

—Mi pobre niña. ¿Podrás perdonarme? Te quiero, siempre estarás a mi lado, serás como la hija que nunca he tenido.

Mientras se abrazaban, todos nos miramos emocionados. Eva nos sonrió, pero, antes de que pudiéramos reaccionar, se derrumbó en el suelo. La levantamos y la llevamos a su cuarto. Tenía el rostro tan pálido como si la vida la hubiera abandonado por completo.

—¿Cómo te encuentras? —le preguntó su padre.

—Ya queda poco, papá —dijo mientras todos nos acercamos a su lecho. Parecía flotar sobre las sábanas, como si su alma estuviera elevándose hacia el mismo cielo.

~⊱Capítulo XXV⊰~

Duelo

Londres, mediados de agosto de 1856

Aquel segundo viaje a Europa no tuvo el mismo impacto que el primero en la memoria de Harriet. A su esposo y a ella los acompañaban su hermana Mary, su hijo Henry y las dos hijas mayores.

La primera parada del viaje fue Londres. Harriet quería firmar un contrato con una editorial inglesa para la publicación de su nueva novela. Los editores eran Sampson Low & Co.

Calvin quería regresar pronto a Estados Unidos, pero, al no poder volver en el vapor de Liverpool, tuvo que quedarse unos días para retornar vía Nueva York.

Una de las partes que más emocionaba a la escritora era su encuentro con la reina de Inglaterra.

Los recibió en el palacio real. La familia llegó hasta el gran edificio en un carruaje, observaron fascinados los suntuosos jardines y después entraron nerviosos en el inmenso recibidor. Recorrieron varias estancias hasta llegar a un salón de paredes cubiertas de terciopelo. Les pidieron que esperaran. Estuvieron en silencio, escuchando el latido de sus corazones emocionados.

Uno de los criados anunció la llegada de la reina. La monarca entró con pasos cortos, seguida del príncipe Alberto y sus hijos pequeños.

—Majestad —dijo Harriet haciendo una reverencia. A pesar de ser una convencida republicana, admiraba a aquella mujer piadosa que gobernaba el mayor imperio del mundo.

—Encantada de conocerla, señora Stowe. Leímos su libro anterior con mucho interés. Es triste y emocionante al mismo tiempo. Ese personaje suyo...

—El tío Tom —le apuntó Harriet.

—El viejo Tom, es un verdadero cristiano. Creo que convendrá conmigo en que estos tiempos turbulentos necesitan más que nunca la gracia de nuestro Señor Jesucristo.

—Sí, Majestad.

—Su libro habla de una libertad más profunda que la de las cadenas humanas, trata sobre la libertad del alma. Nunca he conocido a un hombre más libre que ese viejo Tom.

—Gracias por sus comentarios —dijo Harriet, que escuchaba su propia voz temblorosa.

El editor que los había acompañado a la recepción dio un paso al frente con la cabeza agachada y los brazos extendidos. Llevaba dos ejemplares de la nueva novela que le ofreció a la reina.

Al principio, esta se quedó mirando los ejemplares, después los tomó y le entregó uno al príncipe Alberto.

—Son los dos primeros ejemplares de mi nueva novela: *Dred: A Tale of the Great Dismal Swamp*.

—Muchas gracias —dijo la reina y comenzó a hojear el libro.

Mientras salían de la sala, Harriet tenía una sonrisa en los labios. Para ella, una recepción con la reina de Gran Bretaña era muy importante, sabía que, si su novela era leída por las personas que gobernaban el mundo, sería más fácil terminar con la esclavitud en su país.

⟞◈⟝

No entendía nada. Si algo me ataba a aquella casa alejada de mi familia era Eva. Creía que Dios me había enviado allí para cuidarla y protegerla, pero, ahora que estaba próxima a partir, mi corazón roto gritaba por salir de allí y regresar a mi hogar.

La habitación de la niña era la más alegre de la casa. Sus muebles claros, las cortinas infantiles, la casa de muñecas y los cientos de peluches le daban un aspecto tan tierno y dulce como el carácter de la niña.

La madre de Eva parecía nerviosa por la salud de su hija, pero era más por la atención que esta recibía que por el temor a perderla. En muchos sentidos, siempre la había visto como un obstáculo entre el corazón de su marido y el suyo.

La mujer escuchó pasos y vio acercarse a Topsy.

—¡Maldita rata negra! ¿A dónde crees que vas?

—Quiero llevarle estas flores a Eva —escuché que le decía.

—Vete por donde has venido.

La niña hizo un puchero, pero antes de darse media vuelta escuchó la voz de Eva desde la habitación.

—Mamá, quiero las flores. Deja que pase, por favor.

La mujer accedió refunfuñando. Topsy entró en el cuarto en penumbra y vio a su pequeña ama.

—Acércate —le dijo.

La niña se aproximó a la cama con temor.

—No tengas miedo. No muerdo. ¿Hiciste lo que te dije?

—Sí, he dado mi vida a Jesús.

—Me alegro.

—Ahora siempre estoy alegre y feliz, la señora Ophelia está todo el día pegada a mí dándome besos y abrazos.

—¿Puedes darme uno a mí? —le preguntó.

Las dos niñas se abrazaron. Topsy notó el cuerpo delgado y frío de Eva.

El señor St. Clare se aproximó.

—¿Estás despierta?

—Sí, padre. Quiero pedirte un último favor.

El hombre se acercó a la cama, se sentó en una silla y le agarró la mano.

—Lo que quieras, cariño.

—Puedes llamar a todos, tengo una última cosa que decirles.

—No quiero a todos esos negros en mi casa —se quejó la madre.

El señor St. Clare se dio la vuelta y le hincó su mirada fría. La mujer retrocedió y se quedó callada.

Fui a avisar a los criados, los mozos, los braceros y el resto de los trabajadores de la casa. Todos querían a la pequeña Eva. Unos minutos más tarde, casi medio centenar de personas rodeábamos su cama.

—Los he reunido a todos porque dentro de poco ya no estaré con ustedes. No deseo hablarles de mí, la vida o la muerte poco me importan. En realidad, lo que me preocupa son las almas de ustedes. Puede que estén cansados de esta fatigosa vida. Este mundo los tiene como esclavos, pero viene un reino en el que nadie será discriminado por el color de su piel, en el que todos seremos hermanos los unos de los otros. Ya no habrá más llanto ni más dolor. Dios mismo enjugará las lágrimas de sus ojos. Para pertenecer a ese reino eterno tienen que aceptar a Cristo en sus corazones, leer la Biblia cada día y orar para que él los transforme. ¡Dios mío, la mayoría no saben leer, aprendan o pidan a otros que se la lean! Ahora quiero darles un regalo a cada uno.

La niña tomó los mechones de pelo que Ophelia le había cortado. Quería entregar parte de ella a cada uno, para que no la olvidasen, pero, sobre todo, para que no olvidaran sus palabras.

Los jornaleros y el resto de los trabajadores fueron recogiendo el mechón y marchándose de la habitación. Todos iban con lágrimas en los ojos y la cabeza gacha, tristes porque un ángel se marchaba del mundo dejándolos un poco más solos.

—Querido Tom, Dios nos unió por un poco de tiempo, pero tendremos la eternidad para seguir conociéndonos. No te canses de hacer el bien. En este mundo únicamente encontrarás aflicciones, pero recuerda que Jesús ha vencido al mundo con la ley del amor.

Yo estaba hecho un baño de lágrimas, que caían hasta el cuello blanco de mi camisa.

—Eva, te echaremos de menos, pero pronto nos reuniremos contigo.

Mammy dio un paso adelante. Había criado a la niña desde que era pequeña. La veía como si fuera su propia hija.

—Mammy, gracias por tus cuidados y tus noches en vela. Ahora te duelen los huesos y sientes que las fuerzas te faltan, pero Dios puede renovarte las fuerzas como al águila. No lo olvides.

—Mi ama, no se marche, le preparé su desayuno favorito, no gruñiré más cuando me pida una limonada o un pastel.

—No hay nada más dulce que tu sonrisa, eso es lo que me llevo al cielo.

Todos se marcharon de la habitación, menos la familia. Yo me quedé en la puerta por si me necesitaban para algo.

—Ophelia, gracias por tu cariño, no dejes de seguir a Cristo. A pesar de tus contradicciones y errores, él te ama. Todos nos equivocamos y ninguno merece su gracia, pero por eso es gratuita.

La madre la agarró de la mano, tomó el mechón de pelo y se fue sin mediar palabra. Mientras se alejaba, sus ojos se llenaron de lágrimas. Eso era lo único que le dolía a Eva, el corazón endurecido de su madre, que una de las personas que más quería en este mundo fuera incapaz de aceptar el regalo de Dios.

—Papá, cuida de mamá.

—Sí, hija.

—Te pido que entregues tu vida a Cristo.

—¿Cómo se hace eso? —le preguntó su padre, tan triste que notaba un fuerte dolor en el pecho.

—Ámalo sobre todas las cosas, acepta su sacrificio, reconoce tus pecados y él te dará una nueva vida.

—Yo ya no quiero vivir; sin ti no, mi niña.

Eva lo miró tan dulcemente que él la abrazó y comenzó a llorar desesperado.

—Me voy primero, pero todos nos marcharemos. No vivas como los que no tienen esperanza. Te pido que cuando muera liberes a Tom, dale una carta de emancipación y dinero para que libere a su familia.

—Así lo haré, no te preocupes.

La niña levantó la vista como si viera algo justo encima de su cabeza.

—Ya vienen, tengo que irme. Lloren por mi ausencia, pero sepan que estoy en un lugar mejor.

Eva cerró los ojos y su rostro brilló en medio de la penumbra de la habitación. Rogué a Dios que mi muerte fuera serena como la suya. Mientras cerraba la puerta y me dirigía hasta la planta baja, pude sentir cómo el diablo maquinaba sus planes en aquella casa. Lo único que podía impedirlos era la oración, así que me fui a mi cabaña y comencé a pedir por los St. Clare y por todos los trabajadores de la finca.

Capítulo XXVI

Una cuestión injusta

Italia, mediados de enero de 1857

Durante sus días en Francia, Harriet y su hermana atravesaron el país, visitaron varias ciudades y llegaron hasta Marsella, para tomar desde allí un barco para Génova. La travesía no fue muy buena. Al poco de comenzar el viaje, el barco se golpeó con algo. La confusión se apoderó del navío. Se escucharon gritos por todas partes. Harriet y su hermana se vistieron y salieron al pasillo. La gente corría por todas partes intentando subir a cubierta.

—¿Qué ha pasado? —preguntó su hermana, angustiada.

—Debemos de haber chocado con algo —le contestó.

Siguieron la marea de pasajeros hasta la superficie. Toda la cubierta estaba repleta de viajeros, que parecían sobrecogidos y con rostros de pánico a punto de perder el control.

Un capitán, que había perdido a su familia en un accidente similar, se subió al puente e intentó calmar a los viajeros.

—No se preocupen, el barco sigue a flote. Vendrán a rescatarnos, no teman.

Sus palabras los tranquilizaron un poco, regresaron a los camarotes y el barco continuó lentamente hasta el puerto más cercano. A la mañana siguiente, divisaron tierra. La gente parecía tan animada y ansiosa por salir del barco que se empujaba y se estrujaba en la pasarela.

La ciudad era Civitavecchia. Lograron bajar y pasar el control de los pasaportes. Cuando consiguieron superar la burocracia, buscaron un carruaje para Roma. El señor Edison y sus hijos los acompañaron hasta una de las estaciones de carruajes. Los cuatro alquilaron una carroza, pero en mitad del viaje se salió una rueda y el conductor se fue a pedir ayuda.

Tuvieron que tomar la diligencia que en ese momento pasaba por allí. En cada posta les pidieron más dinero para conseguir caballos de refresco y un nuevo conductor. También intentaron extorsionarlos en la aduana de la entrada de la ciudad. Cuando llegaron a Roma estaban agotados.

Harriet y su hermana lograron llegar a un hotel. Aquel viaje accidentado les mostró que, siempre que uno sale al camino, la vida se convierte en una aventura.

La muerte de Eva sumió a la casa en la mayor de las tristezas. Todos estábamos de luto, aunque recordábamos con mucho cariño la despedida de la niña y cómo nos había encomendado que pensáramos más en la vida eterna que en aquella separación momentánea.

El señor St. Clare no vertió ni una sola lágrima sobre la tumba de su hija, pero se encontraba visiblemente afectado. Intentaba ausentarse de la casa con cualquier excusa, todo le recordaba a su hija y el dolor era tan intenso que la única forma de aliviarlo era caminar de un lado al otro, rodeado de desconocidos que no le recordasen a cada momento su pérdida.

Marie no hacía otra cosa que recriminarle y echarle la culpa de la muerte de Eva.

—No supo cuidarla, como tampoco sabe hacerlo conmigo. Míralo, no ha vertido una lágrima por nuestra hija, a pesar de que siempre ha dicho que la amaba profundamente.

—Cada uno vive el duelo de forma distinta —le contestó Ophelia, que sí veía el sufrimiento de su primo.

Augustine llegó a la casa en su carruaje con el otro conductor. Durante los primeros días, evitó cargarme de trabajo para que intentara reponerme de la pérdida de la niña.

—Tom, en un rato quiero verte en mi despacho —dijo mientras iba a quitarse las botas de montar y a ponerse más cómodo.

Me acerqué al despacho y no pude evitar escuchar la conversación entre el amo y su prima.

—No sé qué hacer, pero tal vez sea la solución.

—Querida prima, si compras a Topsy nadie podrá hacerle daño jamás. Cuando sea mayor de edad y regreses al Norte, simplemente la liberarás. Será una jovencita bien educada y encontrará un buen marido.

—Está en contra de mis principios, pero sé que en el fondo es un mero trámite. Esa niña es como mi hija, no algo de mi propiedad.

El señor St. Clare sonrió y le entregó el documento.

—Tom, no te quedes en la puerta. Entra y siéntate.

Me extrañó mucho que me pidiera que me sentara.

—Le prometí a Eva que te liberaría. El proceso es más complejo que el de la venta; como he hecho con mi prima, tendré que ir al notario y reconocer tu liberación. No te preocupes, en un par de semanas serás completamente libre. Te daré algo de dinero para que liberes a tu esposa.

—Gracias, amo. Ahora está en el Sur, no muy lejos de aquí.

—Qué bien, espero que se vuelvan a reunir pronto. No hay nada que me apene más que un matrimonio que se quiera y deba vivir separado.

Aquella noticia me alegró tanto que no le di mucha importancia a las palabras que le dirigió Ophelia poco después.

—Libera a Tom hoy mismo, no esperes demasiado.

—¿Por qué dices eso, prima? ¿Tan viejo me ves que piensas que partiré muy pronto?

—Estamos en las manos de Dios y ninguno de nosotros puede saber qué puede suceder mañana.

—Dios, siempre Dios. Si nos ama tanto, ¿por qué permite tanto sufrimiento?

Ophelia sabía que en el fondo Augustine estaba intentando reconciliarse con su fe. Muchas mañanas lo había visto leyendo la Biblia y orando, pero le costaba reconocer que algo había cambiado en su interior.

Una de las tardes, antes de salir para la ciudad, me buscó en la cabaña.

—Mañana arreglaré los papeles para tu liberación.

—Gracias, amo —le contesté con una gran sonrisa.

A los que nunca han sido esclavos les será muy difícil comprender lo que significa la verdadera libertad. Por eso a muchos que se creen libres les cuesta reconocer que son esclavos de sus pecados.

—Yo mañana quedaré libre, amo, pero usted puede hacerlo ahora mismo, si entrega su vida Cristo.

—Gracias, Tom. Dios sabe que, a pesar de perder a Eva, le he entregado mi vida, quiero estar toda la eternidad con ella.

Sus palabras me reconfortaron. Preparé mis cosas, no eran muchas más que las de unos meses antes, pero, a diferencia de aquella vez, me sentí el más feliz de los hombres.

Un par de horas más tarde escuché bullicio en la casa principal. Un carro entró en la finca a toda velocidad. En los rostros de los desconocidos que dirigían la carroza se reflejaba un pesar que nos asustó a todos.

Ophelia salió a la entrada principal y observó el carro desde lo alto de la escalinata.

—¿Qué sucede? ¿Por qué están causando tanto bullicio?

—¿Es la finca de los St. Clare? —preguntó el de más edad.

—Sí, pero el señor no está.

Marie se asomó desde la balconada, se había puesto su bata rosa y miró intrigada a los desconocidos.

—Traemos el cuerpo de Augustine St. Clare.

Aquellas palabras nos dejaron a todos paralizados. Me acerqué al carro y levanté la sábana blanca. El rostro pálido del amo parecía dormitar en paz.

—¡Dios mío! ¿Qué ha sucedido? —preguntó, angustiada, Ophelia.

—Esta tarde entró en un café para hojear un periódico. Dos caballeros comenzaron a discutir, el señor St. Clare intentó separarlos, uno sacó una navaja y se la hincó en el estómago. Ha muerto hace menos de una hora. Lo sentimos.

Nos quedamos mudos por el espanto. Algunos de los esclavos comenzaron a llorar. Mammy se acercó al carro y abrazó al cadáver. La única que logró guardar la compostura fue Ophelia.

Marie bajó hasta la entrada, caminó hacia el carro y puso su mano sobre el pecho de su marido. Parecía asustada, como una niña que hubiera perdido de vista a sus padres y comenzara a sentirse aterrorizada.

—¡Maldito seas! ¡Los dos me han abandonado! ¿Quién cuidará de mí ahora?

La mujer comenzó a golpear el pecho de su esposo inerte. Me acerqué y le sujeté la mano.

—¿Qué haces, negro? ¿Cómo osas tocarme?

Tomó el látigo y comenzó a azotarme con todas sus fuerzas, me protegí el rostro mientras desataba su rabia sobre mí. Su odio se reflejaba en la mirada, mezclado con el miedo y la incertidumbre.

—¡Para! —gritó Ophelia.

—Maldita entrometida. Ya nada te retiene aquí. Toma tus cosas y márchate, ya me encargaré yo de mis tierras y mis negros. Nadie del Norte me va a decir cómo debo gobernar mi casa.

Después continuó azotándome hasta que me caí al suelo y perdí el conocimiento. El diablo andaba suelto en la plantación y todos íbamos a sufrir sus ataques.

~⊱&⊰ Capítulo XXVII ~⊱&⊰

El mercado de la infamia

Roma, Italia, 7 de febrero 1857

Mary y Harriet tuvieron una llegada muy accidentada a Roma. No encontraban dónde quedarse, mientras la lluvia empapaba su equipaje. Las dos hermanas tenían muchos amigos en la ciudad, pero no sabían cómo encontrarlos. Al final caminaron por una calle sucia, que apestaba a ajo y alcantarilla. Entraron en una pequeña pensión. Los portamaletas les pidieron más dinero, pero se negaron a dárselo. Cuando Harriet entró en su cuarto y se tumbó sobre las sábanas, cayó en un profundo sueño.

La dueña era una mujer francesa, tenía la pensión muy limpia y un desayuno apetitoso.

Las dos hermanas visitaron los mejores monumentos de la ciudad. Harriet se emocionó al entrar en las catacumbas, donde los cristianos habían intentado practicar su fe. Después visitaron el Vaticano. La mujer se quedó emocionada y escandalizada por la riqueza de aquella sede que debía representar la pobreza y humildad de Cristo.

Después de unos maravillosos días en Roma, las dos hermanas se dirigieron a Nápoles, visitando Pompeya y Herculano. Ascendieron por la montaña hasta la cima del Vesubio. Desde allí contempló la ciudad, mientras los caballos relinchaban por el esfuerzo y los golpes de los conductores.

—Es muy bello —comentó Harriet mientras intentaba mirar el paisaje, pero estaba rodeada de mendigos y todo tipo de personas intentando venderle algo.

—Te sientes en la cima del mundo —dijo Mary.

—¿Sabes? En todo este tiempo he aprendido que el lugar más alto y más sublime al que puede llegar el ser humano es a los pies de Cristo. No rechazo el éxito, me siento muy afortunada y agradecida, pero sé que no es totalmente mérito mío. Dios me guio a escribir ese libro, él tenía un plan para que en nuestro país cambien las cosas.

Caminaron hasta el volcán, la lava parecía envolverlo todo, las cenizas de diferentes colores hacían un arcoíris extraño.

—¿Te imaginas así el infierno?

—Parece la descripción que hizo Milton sobre el Hades —dijo Harriet.

—Un lugar terrible.

—El verdadero infierno no es un sitio como este. En el fondo es la separación total de Dios, la consciencia de que has desperdiciado tu vida alejada del ser que más te ama en el mundo.

La muerte de un amo bondadoso es el peor castigo para los que hemos nacido como esclavos. La ley nos trata como meros objetos, sin ningún derecho o privilegio. No importa las condiciones en las que vivíamos o las promesas de libertad de nuestros amos. Ahora pertenecemos a otros.

Las palabras de la señora me habían convencido de que mi causa estaba perdida. Tras sus latigazos, pasé dos días convaleciente. Mammy me cuidó con todo su cariño, tal vez intentando aliviar en mí la pena de la pérdida de dos personas tan queridas para ella como el señor St. Clare y su hija Eva.

La buena de Ophelia aún no había abandonado la casa. Asistió a las pompas fúnebres y lloró ante la tumba de su amado primo. Mientras la señora comenzaba a poner todas las cosas en orden, la tensión crecía en la casa a cada momento.

Escuché gritos, acudí para ver qué sucedía y vi a Rosa, la doncella de la ama, llorando.

—Señora, lo hice sin intención, pero la ama me ha dicho que mandará a uno de los hombres que me dé diez latigazos. No podré soportarlo.

—Intentaré hablar con ella —le prometió.

Antes de que se dirigiera a la habitación de Marie, la paré en el camino.

—Señora, ya sabe que el amo le prometió mi libertad a su hija Eva. Al día siguiente de su muerte iba a ir al notario para firmar los papeles de mi liberación. ¿Puede interceder por mí a la ama? —le pregunté angustiado.

—Imagino que los papeles están listos, no te preocupes. Pronto serás libre —me contestó sonriente.

En parte, Ophelia se veía liberada al dejar aquella casa. En el Norte, junto a su familia, podría volver a tomar las riendas de su vida.

La mujer llamó a la puerta del cuarto, entró y vio a su prima con los papeles de su esposo desperdigados por todas partes.

—¡Maldito bastardo! —gritó después de lanzar los documentos al suelo.

—¿Qué sucede?

La mujer le hincó la mirada.

—¿Cuándo te marcharás y me dejarás en paz?

—Solo quiero ayudarte.

—Tu maldito primo me ha arruinado. ¿Dónde está la dote que traje? ¿Y el dinero de la venta de las tierras a su hermano? Estoy arruinada.

Ophelia no podía creer lo que escuchaba. Su primo no era un derrochador.

—Me parece inaudito.

—¿Inaudito? Hemos mantenido a todos esos negros ociosos. ¿No ves lo gordos y lustrosos que están? Augustine me ha arruinado. Seguro que planeó su muerte para dejarme en la miseria.

—Tranquila —dijo, acercándose.

—No tengo nada, únicamente la casa, que tendré que vender, y a esas bestias inútiles.

—De eso quería hablarte, Rosa...

—Mi doncella es una descuidada y recibirá su castigo. No valdrá de nada que intercedas por ella. Ya no están Eva ni mi marido para impedirlo. Esos negros únicamente entienden el idioma del castigo y la vara.

Ophelia se dirigió a la puerta.

—Tu marido prometió en el lecho de muerte de Eva que liberaría a Tom.

La mujer puso un gesto de desprecio.

—Tom es muy valioso para darle la libertad.

Después tomó la carta del notario en la que el señor St. Clare liberaba a su esclavo y la hizo mil pedazos.

—Pero, Marie, ese hombre es libre.

—Ese esclavo me pertenece y le sacaré un buen precio.

Sus palabras se quedaron grabadas en mi mente. Pensé en escapar, nada me retenía allí. Entonces me acordé de que debía esperar en la voluntad de Dios, que, aunque muchas veces no se parece a la nuestra, es la única que puede llevarnos al lugar más alto que hay en este mundo, su presencia. De nuevo volvería al mercado de la infamia, aunque sabía que mi verdadero dueño se encontraba en los cielos.

~~&~~ Capítulo XXVIII ~~&~~

Un nuevo viaje en barco

Dartmouth College, Connecticut, Mediados de junio de 1857

La vida es capaz de dar al mismo tiempo el más dulce y el más triste de los regalos. El éxito del segundo libro de Harriet fue casi tan rotundo como el primero. A las pocas semanas de su publicación ya había vendido cien mil ejemplares. También empezaba a ser un éxito en Inglaterra y muy pronto lo sería en el resto del continente. La escritora había dejado a dos de sus hijos en un internado protestante en Francia, para que aprendieran perfectamente el idioma. Su marido había regresado hacía meses con su hijo mayor, Henry. A ambos les esperaban varias obligaciones ineludibles.

Harriet y su hermana Mary regresaron al Reino Unido antes de volver a Estados Unidos, y visitaron asiduamente a Lady Byron, con la que habían hecho amistad.

La felicidad es siempre un estado de excepción, efímero y pasajero. La mujer regresó a su casa con el temor de que la fama volviera a abrumarla, mezclada con el deseo, que se produce siempre tras un largo viaje, de regresar a la rutina.

La escritora era la mujer más conocida del mundo, la norteamericana más admirada, pero su marido quería dejar la enseñanza y dedicarse a escribir. Se sentía a la sombra de la fama de su esposa.

Su esposo quería controlar mejor el dinero, el nivel de gasto era muy grande. Todo el mundo le pedía ayuda y ella no sabía decir que no.

Su hijo Fred, el pequeño de los varones, estaba frecuentando malas compañías ante la ausencia constante de sus padres. Se había engancha-do al alcohol y estaba en una institución para desintoxicarse.

La familia parecía dividida y rota. Su hijo Henry, el mayor, era indolente e incapaz de vivir de forma independiente. La adolescencia de Henry había sido difícil, era bastante escéptico y parecía despreciar los valores y creencias de sus padres.

Henry quería agradar a sus progenitores, regresó a la escuela e intentó ocuparse de sus estudios.

A los pocos días de volver de Europa, Harriet viajó con Mary a Brooklyn, mientras visitaba a su hermano. Allí recibió la terrible noticia de que un día antes, el jueves 9 de julio, su hijo Henry había fallecido mientras nadaba con unos amigos suyos en Connecticut.

El corazón de Harriet estaba destrozado, sabía que era la prueba más difícil del mundo. Dudaba de la fe de su hijo y temía por su alma. Sufría al pensar que no volvería a verlo jamás.

～◈～

Aquel mercado de esclavos fue el peor que he visto en mi vida. Nos llevaron a todos a un almacén en la ciudad de Nueva Orleans. Tras la discusión de la señora Ophelia con el ama, esta llamó al señor Skeegs para que nos subastara y casi veinte almas fueron vendidas al mejor postor.

Después de dormir sobre paja húmeda en el establo, el señor Skeegs nos despertó a gritos y nos llevó a la subasta.

—Espero que cambien de cara. Tienen que cantar y mostrarse más alegres. Si no los vendo hoy mismo, los moleré a todos a palos. Yo no mantengo a vagos —nos gritó después de amenazarnos con su látigo.

La mayoría de mis tristes compañeros se esforzaron por parecer felices, yo ni lo intenté. Me quedé a un lado con la mirada perdida, pensando en mi familia y en cómo estarían en ese momento.

Un tal Luke se acercó a nosotros, era uno de los esclavos del negrero.

—¿No has oído al señor Skeegs? Tienes que cambiar de cara. Eres demasiado viejo para bracero, con esa seriedad nadie te comprará.

Luke llevó a los hombres a la zona de exposición, donde vieron al grupo de mujeres que caminaban con la cabeza gacha desde el otro lado.

—¿Quién es este finolis? —preguntó Luke a Adolph.

—¡Quítame tus sucias manos de encima! Vengo de la casa St. Clare, no soy un mono como tú.

Luke golpeó al mulato, que cayó al suelo retorciéndose de dolor.

—Tienes suerte de que no pueda pegaros, es malo estropear la mercancía, pero, si no te compran en unos días, ya me ocuparé de ti.

Una madre de unos cuarenta años y su hija de catorce estaban justo a mi lado.

—Dios mío, este es un lugar terrible.

—No se preocupen, esto pasará pronto —las animé.

—Nuestra ama era buena y religiosa. Siempre nos trató bien, pero temo que me separen de mi hija, es aún muy pequeña, y esos hombres... —dijo señalando a un grupo de jóvenes que las desnudaban con la mirada.

Los compradores miraban a sus piezas como ganaderos a sus vacas o como jinetes a sus caballos. Había corrido la voz de que los esclavos de los St. Clare se encontraban a la venta y todos sabían que eran refinados y estaban muy bien cuidados.

—Buenos días, caballero, ¿cómo usted por aquí? —preguntó un anciano a otro comprador más joven.

—Estoy buscando un camarero personal, ese mulato parece muy fino —contestó señalando a Adolph.

—Lo malo de este lote es que ese St. Clare era muy blando con ellos. Mira qué gordos y lustrosos están —dijo el hombre más viejo.

Un tipo bajo y musculoso, vestido de forma vulgar, se me acercó, me hizo abrir la boca y comenzó a hacerme preguntas.

—¿De dónde eres tú?

—De Kentucky, señor.

—¿Qué hacías allí?

—Llevaba la granja de mi amo.

—No pareces tan listo, los negros sois todos unos mentirosos.

Después se acercó a la adolescente y comenzó a tocarle los brazos, como si quisiera comprobar cuánto pesaba. La chica se apartó un poco y el hombre se puso furioso.

—Esta negra no se deja tocar —se quejó al dueño de la casa.

—Nosotros vendemos el género, del nuevo dueño depende el domesticarlo —contestó el negrero.

Comenzó la puja y Adolph fue el primero en ser vendido. Los mulatos siempre han estado muy cotizados como criados en las casas. Después me tocó el turno. El hombre con el que había estado hablando me compró.

El negrero separó a la madre y la hija. La mujer fue comprada por un anciano caballero que parecía amable.

—Señor, por favor, compre también a mi hija.

—No tengo mucho dinero —se disculpó—, pero lo intentaré.

El anciano pujó un par de veces, pero en cuanto subió el precio desistió. Un hombre con un terrible aspecto de pervertido la tomó del brazo y se la llevó. Apenas estaba recuperándome de aquella escena y pensando que algo parecido le podía ocurrir a mi hija, cuando mi comprador me tomó del brazo y me dijo:

—Tenemos que marcharnos o perderemos el barco. Tu nuevo amo no es muy paciente. Simon Legree está reuniendo una cuadrilla.

En un vapor llamado Pirate nos esperaban otros siete desgraciados, encadenados y tan cabizbajos como yo. Teníamos que ir por el río Rojo hasta las tierras del amo.

El señor Legree estaba en la cubierta cuando llegamos, bajó hasta la zona de almacenaje y miró a su nuevo esclavo.

—¿Cómo te llamas?

—Tom, señor.

—Llámame amo. Quítate esa estúpida corbata. ¿Qué es eso?

—Mi baúl, amo.

—¿Desde cuándo un negro esclavo tiene equipaje?

Lo abrió, comenzó a tirar las cosas.

—Cámbiate y ponte esto —dijo mientras me daba mis ropas más viejas. Cuando regresé, el resto lo había arrojado al río.

—¿Qué es esto?

—Una Biblia, amo.

—¿Una Biblia? ¿Acaso sabes leer? Válgame el cielo.

La arrojó al agua, tiró de mis cadenas hasta tenerme a la altura de su rostro desfigurado y, con los ojos fuera de las órbitas, me dijo:

—Ahora yo soy tu dueño, tu religión y tu dios.

Lanzó la Biblia al agua, esta flotó unos segundos, pero al final se hundió en mitad del río. En ese momento supe que había regresado a Egipto y que ni las doce plagas me salvarían de ese nuevo faraón.

Capítulo XXIX

El infierno

Andover, Massachusetts, diciembre de 1858

El diablo zarandeó su vida hasta casi destruirla. Su fe se vio sacudida por la pérdida de Henry, temía por su alma y no entendía por qué Dios se lo había llevado tan apresuradamente. Ahora se sentía tan desgraciada como los personajes de sus novelas, sacudida por la vida, arrastrada por un sentimiento de pérdida casi incomprensible. Lo único que podía hacer para soportar toda esa zozobra era lo que mejor sabía: escribir.

Se puso manos a la obra con una nueva tarea, pero esta sería muy distinta a las que había hecho hasta ese momento. Quería titularla *The Minister's Wooing*. Era una historia de amor entre un predicador y una joven que, aunque está enamorada de un marinero desaparecido unos meses antes, decide casarse con el reverendo. Tras la boda, el marinero regresa sano y salvo y el predicador decide liberar a su esposa del compromiso, al entender que ella sigue enamorada del joven.

Harriet quería que su libro hiciera a la gente reflexionar sobre el destino y cómo este, aunque esté en manos de Dios, es completamente desconocido para los hombres.

La pérdida de sus dos hijos y del prometido de su hermana le había hecho dudar de su fe. Quería criticar la idea de que los hombres pueden alcanzar la gracia de Dios por sus fuerzas. La única forma de salvarse es alcanzando la misericordia de Dios.

El poder de la gracia logró que Harriet recuperase la fe. Prefería lanzarse a los brazos de un Dios misericordioso, todo amor, que a otro implacable que busca destruir a los hombres. El sacrificio de Cristo debía ser suficiente para el perdón de los pecados.

Hay lugares en el mundo donde la putrefacción del pecado ha terminado por llenarlo todo. El camino a la plantación estaba casi oculto por una vegetación selvática. A los lados, las tierras pantanosas, llenas de mosquitos, serpientes y caimanes, hacían casi imposible la huida. El resto de mis compañeros caminaban tan tristes y desanimados como yo, resignados a vivir en el mismo infierno.

Durante el viaje, Simon Legree nos había amenazado de todas las formas posibles. En cuanto veíamos su sombra, temblábamos como niños, totalmente atemorizados por aquel diablo con apariencia humana.

—Cantad algo, negros —nos ordenó el amo desde el caballo.

No sabíamos qué entonar. Al final comencé a cantar un viejo himno sobre Jerusalén.

—¡Maldito beato! —gritó, empujándome al suelo.

—Lo siento —dije mientras me levantaba.

—No quiero esa bazofia religiosa. La única religión que se practica en mi casa es la obediencia ciega al amo.

Llegamos a un sendero flanqueado por enormes árboles del paraíso, que ahora parecían fantasmagóricos y salvajes. Al fondo había una inmensa mansión de madera y ladrillo. En otro tiempo debió de ser el más hermoso de los lugares, pero cuando yo la conocí expresaba mejor que cualquier otra cosa el alma de su dueño. Le faltaban muchas contraventanas, los escalones estaban rotos y las paredes tenían la pintura desconchada. Las cabañas de los peones eran poco más que chabolas derruidas, todo estaba sucio y lleno de restos de animales, cachivaches y todo tipo de objetos viejos y oxidados.

Unos perros de colmillos feroces estaban atados en un gran árbol. Nos ladraron al llegar y nos enseñaron sus bocas mugrientas.

—Si alguien intenta escapar, estos perros lo encontrarán y lo devorarán vivo —nos advirtió el amo.

Después tomó a la chica que había comprado y le dijo a uno de sus ayudantes negros:

—Mira, te he traído a la muchacha que te prometí. También sé recompensar a aquellos que son capaces de obedecerme.

La mujer se resistió y comenzó a gritar.

—Amo, yo tengo un marido, no puede entregarme a otro hombre.

—Ahora este es tu marido, yo soy el que dice quién está con quién.

Después se dio la vuelta y le habló a otro de sus matones, uno llamado Quimbo.

—Reparte un poco de maíz para que coman.

El hombre gigantesco tomó un par de sacos y los abrió, tiró su contenido a la tierra de color rojizo y todos se abalanzaron por la escasa comida. Yo me acerqué despacio; cuando el grupo se alejó no quedaba ni una mazorca.

—Negro tonto —dijo Quimbo—, así te morirás de hambre.

—¿Así dan la comida a la gente aquí?

—¿Gente? Son negros.

—¿Y tú qué eres? —le pregunté a aquel hombre embrutecido e ignorante.

—Yo soy un capataz. Tengo el poder de quitarles y darles la vida, de tomar la mujer que me apetezca.

—En el fondo eres un esclavo como yo —le contesté.

—Pareces listo, eso puede ser bueno o malo. Si te amoldas al amo, podrás enseñorearte de toda esta gente, pero si no, pagarás las consecuencias.

Me alejé hacia las casas. Vi a un par de mujeres moliendo el maíz.

—¿No has agarrado nada? —me preguntó una de ellas.

—No —le contesté.

—Hoy te daré un poco del mío, pero será la última vez —me advirtió.

Mientras hacía unas tortas nos sentamos a hablar.

—¿De dónde eres? Se te ve muy fino para ser de por aquí. En este lugar los negros no tenemos tus modales.

—Soy de Kentucky.

—Nunca había escuchado ese nombre.

—Se encuentra muy lejos, río arriba. Allí hace frío en invierno y nieva.

—Aquí el calor es abrasador o abrasador —bromeó la mujer.

—Dios hace llover sobre justos y pecadores —le comenté.

—Llover sí llueve.

Saqué unas pocas páginas que habían caído de la mano del amo cuando lanzó mi Biblia al agua. También había logrado resguardar mi diario.

—¿Qué es eso?

—Unas hojas de mi Biblia, el resto lo arrojó el amo al río.

—¿Qué es una Biblia? ¿Sabes leer?

—Sí, me enseñaron mis amos. Es la Palabra de Dios, aquí habla de la voluntad de Dios para con los hombres. En el Antiguo Testamento se narra la historia del pueblo de Israel, que se parece al nuestro, porque fue esclavo mucho tiempo. En el Nuevo Testamento se describe el mensaje de salvación traído por Jesús, el Hijo de Dios.

—¿Eres cristiano? —me preguntó la mujer, extrañada.

—Sí —le contesté.

—Lo siento por ti, aquí no dura mucho la gente como tú. Esto es el infierno, nuestro amo es el diablo y a partir de ahora tendrás que penar por todos tus pecados.

Sentí un escalofrío que me recorrió la espalda. Tomé la torta de maíz. Era dura y amarga, pero me supo a maná del cielo. Recordé las palabras del profeta: «Cuando cruces las aguas, yo estaré contigo; cuando cruces los ríos, no te cubrirán sus aguas; cuando camines por el fuego, no te quemarás ni te abrasarán las llamas. Yo soy el SEÑOR, tu Dios, el Santo de Israel, tu Salvador».[8]

---

8. Isaías 43.2-3 (NVI).

Capítulo XXX

Cassy, la mujer rota

Liverpool, 14 de agosto de 1859

Toda la familia, menos su hijo Charly, llegó en el vapor Asia, algo mareados pero contentos de volver a ver Europa. En su país, los rumores de guerra civil eran constantes. El Sur parecía tan inquieto y temeroso que muchos se temían lo peor.

El aire de Inglaterra disipó un poco las nubes negras, Harriet visitó a su amiga Lady Byron, que estaba muy delicada de salud. Tras varias visitas a sus amigos, viajaron al continente. Los gemelos se quedaron en París. Mientras, su hijo Fred fue con un amigo a recorrer Italia, quería superar su adicción al alcohol, en el que recaía una y otra vez, para poder estudiar medicina y reconducir su vida.

Llegaron a Suiza y su esposo Calvin regresó a Estados Unidos. Harriet continuó su viaje con su hija Georgie. Al final fueron a Italia, para encontrarse con su hijo. Después viajó a Roma, disfrutando de la comunidad norteamericana de la ciudad.

A mediados de 1860, llegaron noticias de que el posible candidato republicano, el antiguo gobernador de Illinois, un abogado abolicionista, podía luchar por la presidencia del lado de los republicanos.

Una de las largas tardes tomando el té en casa de los señores Field, el hombre le preguntó:

—¿Cómo ve la situación de nuestro país? ¿Qué pasará si gobierna un presidente abolicionista?

Harriet pensó muy bien la respuesta, no quería incomodar a sus amigos. Sabía que las opiniones políticas podían dividir y romper las amistades más profundas.

—Hace tanto tiempo que en Estados Unidos hemos asumido que el mal es la única forma de mantenernos unidos que pensamos que es imposible otro tipo de nación. Nuestro país fue fundado por personas que escapaban de las persecuciones religiosas; su mayor ambición era poder vivir en paz su fe. En el Sur se establecieron colonias que pretendían explotar la fructífera tierra que Dios les había concedido. Allí no había siervos sumisos como en Inglaterra, por lo que los hombres que llegaban copiaron las costumbres de españoles, portugueses y franceses de utilizar a hombres negros. Al sacarlos de África para trabajar, la única manera que tenían de dominarlos era a través de la esclavitud. De esa forma surgió una nación con dos cabezas y dos corazones: una aristocrática, basada en las grandes plantaciones; otra, más urbana y laboriosa. Ambas, como dos hermanos siameses unidos por algunas partes de su cuerpo, han crecido juntas, pero más como un mal formado feto que como un niño sano y robusto. No podemos salvar a las dos, una morirá en parte para que la otra pueda sobrevivir. Creo que Abraham Lincoln, si llega a ser presidente, tendrá que soportar la etapa más oscura de nuestra nación, pero, como dice la Palabra de Dios, cuando sobreabundó el pecado, entonces sobreabundó la gracia. Nuestro país está a punto de vivir un gran avivamiento que hará que los huesos secos del inmenso valle vuelvan a tener vida.

Las palabras de Harriet dejaron al pequeño grupo boquiabierto, nunca palabras tan duras habían sido pronunciadas por un rostro tan suave y benévolo. Las consecuencias del mal son siempre una cosecha de tristeza y muerte, pero en medio del horror se levanta la serpiente de plata, para que cualquiera que la mira, como al Hijo de Dios levantado en el madero, sea sanado de su mordedura.

A pesar de todo el sufrimiento, el trabajo me dejaba tan agotado que cada noche dormía como un bebé. De día trabajaba de bracero. Llevaba mucho tiempo sin ejercer un oficio tan duro, pero aún respondían mis músculos y las espaldas anchas heredadas de mi padre.

Una mañana, mientras esperábamos antes de dirigirnos al campo, vi en la casa principal a una mujer muy atractiva. Vestía ropas finas y era tan esbelta que cualquiera la habría confundido con una dama de la ciudad.

—El amo la ha castigado a trabajar hoy en el campo, estoy deseando verla doblar la espalda como nosotros —dijo Sambo.

—El amo ha dicho que, si no cosecha la cantidad estipulada, él mismo la azotará en el gran árbol. Casi prefiero que no consiga llenar su cesta.

Los miré de reojo. Entendía la crueldad del señor Legree, era el dueño y su avaricia y egoísmo necesitaban alimentarse constantemente, pero nosotros éramos todos esclavos.

—No se habla así de una mujer —les increpé.

—¿Una mujer? Es la zorra de Legree, pero a veces se le olvida que no es más que una negra y el amo tiene que ponerla en su sitio.

—¿Las negras no son mujeres? ¿Qué eran vuestras madres?

Sambo se acercó amenazante.

—No conocimos a nuestras madres, para lo único que sirven las mujeres es para darnos placer y hacernos la comida. ¿Lo has entendido?

No quise discutir con aquellos animales. Nos llevaron a todos al campo y nos pusimos a recoger el algodón. El calor era asfixiante, no nos permitían beber agua y los mosquitos de las lagunas cercanas nos acribillaban la piel. Una chica nueva llamada Lucy, que jamás había trabajado en una plantación, recolectaba muy lentamente. Casi al final de la jornada, apenas había reunido la mitad de lo estipulado por el amo.

Me acerqué a ella por detrás y comencé a llenar su cesta.

—¿Qué haces? —me preguntó asustada. Sabía que estaba terminantemente prohibido que los braceros se ayudaran.

—No te preocupes, yo ya casi tengo mi cantidad.

Al verme, la otra mujer se acercó y puso parte de su carga en el cesto de la joven. Después me sonrió, aunque su rostro amarillento no podía dejar de mostrar la dureza de una vida al lado de aquel monstruo.

Cuando regresamos a la casa, el amo supervisó lo que llevaba cada uno.

—Veo que Cassy y Lucy lo han conseguido —dijo, molesto.

Quimbo dio un paso al frente y comentó:

—No, amo. Tom y Cassy le dieron de su parte a Lucy.

El rostro del señor Legree se puso rojo, tomó un látigo y pidió a sus compinches que atasen a Lucy al árbol y desnudaran su espalda.

—¡Maldita sea! ¿Cómo se atreven a desobedecer mis órdenes?

—Nunca ha recogido algodón, solo quisimos ayudarla —le contesté.

—Pues ahora la azotarás. No quiero vagos en mi finca.

Agaché la cabeza y me quedé quieto. El amo se acercó hasta mí y me pegó el látigo al pecho.

—¿Estás sordo? Te he ordenado que la azotes.

—No puedo, amo. Mándeme cualquier otra cosa, pero no eso. Ella es débil y no está acostumbrada, no es justo azotarla.

—Yo soy el que dice lo que es justo y lo que no lo es. Soy tu dueño.

—Mi conciencia no me lo permite. No puedo hacer algo que sé que es malo.

—¡Maldito beato! Eres el peor de mis jornaleros. ¡Te lo ordeno!

—No puedo obedecer las leyes de los hombres y negar las de Dios. Mi alma no le pertenece, amo.

Legree me abofeteó, después mandó llamar a sus hombres.

—Denle tal paliza que no pueda levantarse en un mes.

Los dos gigantes fueron hacia mí; no me resistí, no hubiera servido de nada. Parecían disfrutar con todo aquello, como si, a medida que sus almas se embrutecían, el mal que acumulaban en sus corazones ya no les saciara.

—Cuando vean lo que le pasa a Tom, todos aprenderán la lección. Aquí soy su amo y su Dios, yo digo quién debe vivir y quién debe morir.

Sambo y Quimbo me arrastraron hasta el árbol, parecían dos demonios furiosos sedientos de sangre. Las palabras de su amo se escuchaban por toda la finca, gritando y maldiciendo, blasfemando y jurando.

Comencé a orar, le pedí a Dios que me ayudara a superar esa prueba terrible. No temía a la muerte, pero quería volver a ver el rostro de mi esposa y mis hijos, mirar de nuevo el despejado cielo de Kentucky y respirar su aire puro por última vez.

Parte 3ª
Una obra inacabada

Capítulo XXXI

Un rayo de luz

7 de noviembre de 1860

Harriet leyó el periódico. Llevaba semanas concentrada en dos libros para dos editoriales distintas: *The Pearl of Orr's Island* y *Agnes of Sorrento*. Estarían terminados el año próximo, uno iría a una editorial en Boston y el otro a Nueva York.

—¿Has leído el periódico? —le preguntó a Calvin. Su esposo, año tras año, parecía más incómodo con ella. Encajaba mal su éxito, pensaba que despilfarraba demasiado y que sus hijos estaban demasiado consentidos.

—No, querida.

—Abraham Lincoln ha ganado las elecciones. ¿Qué piensas que va a suceder?

—El republicano ha dicho que no derogará las leyes del Sur, ni siquiera la de fugitivos.

—Su partido dice lo contrario —le comentó Harriet.

—El mundo se ha vuelto loco, el Sur intenta desesperadamente mantener su peso en la Unión, pero la economía del Norte es mucho más fuerte y poderosa. Los nuevos estados lo saben e intentan agradar a Nueva Inglaterra.

—Un buen análisis, pero a mí lo único que me importa es la libertad de los esclavos.

—¿De verdad, querida? ¿Aunque eso suponga la destrucción de la Unión y la guerra civil?

Harriet frunció el ceño.

—Sabes muy bien que odio la guerra, las armas y todo lo que suponen. Siempre he apostado por una solución pacífica, pero ¿qué se puede hacer si el Sur se levanta en armas?

Calvin se levantó de la silla. Miró a su esposa, que en aquel momento tenía la mirada perdida, enfrascada en sus pensamientos.

—Ese Lincoln es un buen tipo, pero a veces los buenos tipos son los más peligrosos.

—Cielos, espero que nuestro Fred no quiera intervenir en el conflicto.

—La juventud es siempre impetuosa, no mide las consecuencias de sus actos —dijo Calvin, aunque él jamás había tenido el menor ardor guerrero.

Harriet revisó de nuevo los contratos de las editoriales y se preguntó si sus libros saldrían si estallaba la guerra. Después pensó en sus novelas antiesclavistas; muchos decían que eran la chispa que le faltaba a la Unión para explotar. Era consciente, más que nadie, del poder que tenían las palabras, pero ¿no era acaso un pecado permanecer callada mientras a pocos kilómetros de su casa decenas de miles de personas eran tratadas peor que animales?

No pude dormir, las heridas me dolían de tal manera que me costaba respirar. El calor, el sudor y la sangre se mezclaban en mi espalda y costados. No entendía por qué Dios me había traído a un lugar tan horrible. Si era para probar mi fe, no hacía falta tanto horror. Desde mi salida de casa, casi todo lo que me había sucedido era terrible, menos conocer a la dulce Eva.

Apenas me di cuenta de que alguien abría la puerta y entraba en mi cabaña. Todo estaba a oscuras y la mujer parecía una sombra más. Tuve algo de temor. No sabía si eran de nuevo los dos esbirros del amo o el diablo en persona que venía a torturarme.

—¿Cómo estás? —preguntó la voz, su tono suave me tranquilizó.

—Me duele mucho —dije, tumbado boca abajo, con la espalda al descubierto y escuchando las moscas que revoloteaban sobre mí.

La mujer sacó un lebrillo y un paño y comenzó a limpiarme las heridas.

—Gracias...

—Soy Cassy, ¿sabes quién soy?

—Me han hablado de ti —dije mientras comenzaba a sentir un poco de alivio.

—Lo que has hecho es una tontería. Legree no dudará en matarte, aunque pierda el dinero que pagó por ti. Está en su naturaleza hacer el mal.

Me quedé callado, tenía la sensación de que aquella mujer era una tentación más del diablo.

—No voy a traicionar a mi Dios por salvar la vida.

—¿No lo has comprendido aún? Aquí, Legree es Dios, el único que puede salvarte o condenarte. Tus palabras no te salvarán. Ese hombre es el mismo diablo.

—Ya lo sé.

—Esos negros te matarán sin pestañear y al resto de los esclavos lo único que les importa es salvar el pellejo. Será mejor que niegues a tu Dios y pienses en ti mismo. Si aguantas unos años, tal vez el ron reviente el hígado de ese bastardo y nos vendan a un amo mejor.

—Por favor, ¿puedes leerme esa hoja?

La mujer la miró por encima.

—¿Cómo sabes que sé leer?

—Tienes cara de lista; además, me lo contó uno de los jornaleros. Te han escuchado leerle al amo.

—Su alma es tan perversa que a veces se tranquiliza con un poco de lectura.

La mujer tomó la hoja y leyó:

—«Padre, perdónalos, porque no saben lo que hacen».[9] Ese Dios tuyo es muy particular. Es capaz de perdonar a gente tan malvada, pero al mismo tiempo no pasa por alto ni el más pequeño de los pecados.

—Dios es justo —le contesté.

La mujer puso un gesto de sarcasmo, aunque en sus ojos se veía una desolación terrible.

—La niña de quince años que acaba de llegar, la nueva esclava preferida de Legree, ha traído su Biblia. ¿Crees que le servirá de algo? Dentro de unos meses será peor que yo. Un guiñapo sin alma, demasiado cobarde para quitarse la vida, si es que a esto se le puede llamar vida.

---

9. Lucas 23.34.

Cuando comenzó a aplicarme unos ungüentos empecé a sentirme mucho mejor. Estaba tan agotado que hice verdaderos esfuerzos para no quedarme dormido.

—¿Cómo llegaste aquí?

—No siempre fui como soy ahora. Me crie en una buena casa, me educaron como a una blanca. Mi padre era el amo y mi madre una esclava, pero él la trataba como a su esposa. Tenía vestidos bonitos, podía participar en bailes y todos me consideraban una señorita, aunque en su fuero interno me trataban como a una mulata. En este mundo, basta con que tengas una gota de sangre negra para que esa gente te vea como una inferior. Preferiría ser negra del todo, al menos sabría a dónde pertenezco.

Sus palabras eran amargas como la hiel, pero a medida que me contaba su historia sentía que se liberaba de un gran peso. Todos necesitamos sanar las heridas que la vida nos causa. Por fuera pueden parecer curadas y sanas, pero en el interior continúan desgarrándonos el alma.

Capítulo XXXII

La joven mulata

Mediados de febrero de 1861

Los peores presagios de Harriet se habían cumplido. Fred se presentó voluntario a filas. Al principio de febrero, seis estados del Sur se reunieron y formalizaron su rebelión en una reunión en Montgomery, Alabama.

Lincoln, que había llamado a la nación a la cordura, intentó apaciguar los ánimos y declaró que no aboliría la esclavitud a un precio tan alto.

Fred dejó sus estudios de medicina. Justo en aquel momento, después de tantos años de zozobra, comenzaba a enderezar sus pasos, pero no quería quedarse con los brazos cruzados, ellos lo habían educado con unos principios sólidos.

Harriet tenía mucho miedo. Ya había perdido a dos de sus hijos y no estaba segura de poder soportar que su hijo pequeño también muriese.

Fred se alistó en la Primera Compañía de Voluntarios de Massachusetts. Enseguida la compañía se dirigió hacia Jersey. La mujer intentó ver por última vez a su hijo antes de que entrara en combate.

Harriet y su nuera Eunice se dirigieron al cuartel. Una verja separaba a los soldados. Desde fuera, la familia los veía fumar, comer y limpiar sus armas, pero no se les permitía salir.

—Por favor, necesito entregarle algo a mi hijo —comentó la mujer al oficial al mando en la puerta.

—No se puede entrar —le contestó con frialdad.

—Tengo que verlo, ya he perdido a dos hijos y...

El teniente la contempló unos instantes y pensó en su madre. Sus ojos repletos de lágrimas lo conmovieron.

—Adelante, pero solo cinco minutos. Si todos los familiares entran en el cuartel, en un momento esto se convertiría en un caos.

Harriet no lo pensó dos veces, cruzó la puerta junto a su nuera y llegaron hasta Fred sin que este se diera cuenta. Lo vieron vestido con su impecable uniforme azul y Harriet tragó saliva para aguantar el llanto.

—¡Hijo! —exclamó antes de abrazarlo.

—Madre. ¿Cómo has logrado entrar? —le preguntó, emocionado y sorprendido al mismo tiempo.

—No hay nada que pueda impedir a una madre ver a su hijo.

Fred sonrió, sabía que su madre podía ser muy tenaz cuando se le metía algo en la cabeza.

—Te hemos traído unas naranjas —le dijo mientras se las dejaba al lado de su mochila.

—Gracias, la comida del cuartel es terrible.

Los dos se fundieron en un abrazo y, antes de marcharse, la mujer le advirtió:

—Ponte a cuentas con tu Creador antes de que comience la batalla. Cuídate mucho, no quiero perder a otro hijo, este viejo corazón no lo soportaría.

—No te preocupes, le daremos una buena paliza a esos sureños.

—No, hijo, no. Intenta no matar a nadie. Dios es el único dueño de la vida y de la muerte.

Le dio un beso en cada mejilla. El chico se sentía un poco ruborizado por la escena, sus compañeros se burlaban de la situación. Harriet se giró y, mientras caminaba hacia la salida del cuartel, ya no lo resistió más y comenzó a llorar. Sabía que, desde que una mujer se hace madre, su corazón debe prepararse para el sufrimiento. Dio un largo suspiro y encomendó a Dios la vida de su hijo.

Cassy me contó aquella noche su triste vida. Su padre murió de forma tan repentina que no pudo arreglar los papeles para su libertad. Lo mismo que me había sucedido a mí. La esposa blanca vendió la hacienda e intentó hacer lo mismo con ella, pero el abogado que llevaba el caso se enamoró y la compró.

Era un hombre cariñoso y amoroso, la cuidó bien. La trataba como si fuera su esposa, aunque nunca la mostraba en público, tampoco en la iglesia ni en las fiestas de la alta sociedad de Nueva Orleans. Tuvieron dos hijos: un niño y una niña. A pesar de sentirse algo despreciada por su condición de mulata, fueron años felices. Al final, el abogado buscó una mujer blanca que le diera una descendencia a la que pudiera llamar suya. Todo el mundo conocía su romance con Cassy, por lo que se deshizo de ella y sus pequeños.

—Lo peor aún estaba por llegar —dijo con un nudo en la garganta. Recordar todas aquellas cosas le producía un gran dolor—. Mi amado me vendió a Legree sin el menor remordimiento de conciencia. Este me engañó y, antes de que me diera cuenta, se deshizo de mis dos hijos. No los he vuelto a ver.

—Lo siento mucho, entiendo todo por lo que has pasado.

—Casi me muero. Dejé de comer y el amo me tuvo meses encerrada en una habitación. Al final cedí, primero con el autoengaño de que, si vivía, podría encontrar a mis hijos, después por puro instinto de supervivencia. Los seres humanos somos absolutamente asquerosos.

—No digas eso. Querer vivir es natural, mucho más cuando no crees en la vida eterna. Para ti únicamente hay lo que vemos, me imagino que te da miedo la incertidumbre de qué habrá después.

Antes de que nos diéramos cuenta había amanecido. La mujer me dejó en la cabaña. Durante los siguientes días, me trajo comida y continuó curando mis heridas, pero, un día que no pudo venir, envió a la joven Emmeline, la nueva favorita del amo.

—Hola, te traigo un poco de comida. ¿Cómo estás?

—Mucho mejor —le contesté, aunque aún me costaba ponerme derecho o aguantar tiempo de pie.

—El amo está furioso con Sambo y Quimbo, les ha dicho que se excedieron. Casi te matan. Pagó una buena suma por ti y no quiere perderte.

No estaba seguro de si aquel comentario me alegraba o me ponía aún más nervioso.

—Muchas gracias por todo —le dije a la chica. Era mucho más alta y delgada que Cassy. Su rostro angelical aún no mostraba los zarpazos que la vida no tardaría en propinarle.

—Me alegra salir un poco de la casa, el amo me mira de una forma que me pone los pelos de punta.

—¿Eres cristiana? —le pregunté.

—Como tal me educaron, oro todas las noches y leo la Biblia, aunque aquí hay un ambiente tan malvado que me cuesta concentrarme, como si una nube oscura y espesa frenara las oraciones que lanzamos a los cielos.

—Entiendo lo que dices. Nuestra lucha no es contra carne ni sangre, es contra principados diabólicos en los lugares celestes —le comenté citando las Escrituras.

La chica hizo un gesto de temor, después se puso en pie y se dirigió a la puerta.

—Oraré mucho por tu recuperación.

—Gracias, pero hazlo también por todos nosotros, para que Dios destruya las cadenas que nos atan a esta casa —le contesté. Después me tumbé en el jergón y comencé a orar. Era el arma más efectiva contra el mal y la única que podría sacarnos de aquel infierno.

~&⊙ Capítulo XXXIII ⊙&~

Libres

Principios de agosto de 1861

A Harriet nunca le gustó Lincoln. Tenía la sensación de que siempre era ambiguo en sus afirmaciones y de que con tal de conseguir el poder era capaz de vender su alma al diablo. Tampoco era muy concreto con respecto a su fe, le recordaba a algunos presidentes masones que habían gobernado el país de forma laica y lo habían alejado de sus principios cristianos.

A su esposo Calvin tampoco le gustaba Lincoln. Unos días antes, el general Frémont había declarado la emancipación de todos los esclavos en Misuri, pero el presidente Lincoln lo desautorizó y paró la proclamación de liberación.

Calvin mandó una protesta a la Casa Blanca, no entendía por qué seguía el Norte apoyando la esclavitud.

Harriet tenía claro que tanto el Norte como el Sur debían purgar sus pecados, que en el fondo se enfrentaban dos élites de poder más que dos ideas o formas de entender la justicia.

Un año más tarde, Lincoln afirmó que la única razón para la guerra era salvar la Unión, no emancipar a los negros de la esclavitud. Todos sabían que se trataba de un cálculo político para evitar que los estados fronterizos se aliaran con los secesionistas.

Harriet se preguntaba qué haría Jesús en el caso de vivir en la Unión. La mujer escribió varios artículos en contra del presidente. El periódico

The Independent difundió las críticas de Harriet, justo cuando el Norte se encontraba en el peor momento.

En el Reino Unido, el gobierno intentaba mantenerse neutral en medio de la tormenta, sobre todo al ver que el Sur estaba ganando la guerra. La Confederación era uno de sus clientes más importantes y muchos de sus productos agrícolas servían para alimentar a la creciente población de la isla.

Harriet recordaba las promesas rotas de la reina de Inglaterra, muchos nobles y el pueblo, que tras la lectura de sus dos libros le aseguraron estar a favor de la emancipación de los esclavos. A veces, la palabra de un hombre o un pueblo entero vale muy poco.

El corazón de Cassy podía estar roto, pero no era tan duro como parecía. Conocía muy bien al amo Legree y su mente pervertida. Era natural del Norte, hijo de una mujer piadosa y un padre embrutecido por el alcohol. Su madre había rogado por su alma muchas veces, pero él al final había tomado el camino de su padre.

La mujer sabía que se odiaba por ello, pero hay ciertos corazones tan inclinados hacia el mal que ni las oraciones de una tierna madre son capaces de enderezarlos.

Aquella noche, tan fatídica y esperanzadora como en la que murió nuestro Señor Jesucristo, el amo estaba dispuesto a violar a Emmeline y, aunque sufría una gran lucha en su alma, las fuerzas del mal estaban dispuestas a vencer una vez más.

Cassy me contó que acudió a la habitación de la muchacha. Esta parecía tan confiada y tranquila como una gacela que no sabe que el cazador está a punto de abatirla.

—Esta noche el amo viene a tu cuarto. Si te resistes, te matará; si no lo haces, estarás muerta de todas formas, pero de una enfermedad del alma que no se puede curar jamás.

La niña comenzó a llorar. Temblaba y gemía como si estuviera imaginando lo que le esperaba.

—¿Qué puedo hacer?

—Te llevaré a la buhardilla, es el único lugar seguro de la casa. El amo nunca entra allí, los anteriores dueños de la mansión creían que en ella habitaba un fantasma.

Las dos mujeres subieron por las escaleras y la chica se dejó encerrar en aquel lugar lleno de trastos cubiertos por sábanas raídas y baúles polvorientos.

Cassy bajó al salón. Sabía que Legree seguía bebiendo, intentando ahogar su conciencia antes de violar a la chica.

—¿Cómo se encuentra el negro? Espero que mañana se incorpore al trabajo.

—Ya está mejor, pero no lograrás doblegarlo, este es cristiano de verdad —le contestó la mujer.

—¿Y eso qué importa? Un Dios inexistente no puede favorecerle a él ni perjudicarme a mí.

Legree bebió aquella noche más de la cuenta y se quedó dormido en el sillón. Después se levantó con un genio de mil diablos, salió a la parte delantera de la casa y gritó a sus hombres.

—A trabajar, malditos vagos. ¿Dónde está Tom? —preguntó al ver que no se había unido al grupo.

Cassy salió de la casa. Tocó el hombro del amo y este se giró con brusquedad.

—Todavía no puede trabajar, deja que termine de cuidarlo. Es fuerte e inteligente, producirá mucho y recuperarás el dinero invertido.

—Está bien, pero, si habla de Dios de nuevo, no respondo, lo mataré con mis propias manos.

Escuché las maldiciones del amo desde mi cabaña y me puse a temblar, pero, al oír que entraba de nuevo a la casa, me quedé mucho más tranquilo. Cassy no tardó en venir y contarme su plan.

—Hola, Tom, veo que estás mucho mejor.

—Sí, sobre todo gracias a tus cuidados.

—Sé que eres un hombre recto, pero el amo está fuera de control. Anoche logré contenerlo. Estaba dispuesto a violar a esa pobre muchacha y matarte a ti, pero no creo que logre frenarlo otra vez. Esta noche tenemos que escapar.

—¿Escapar? ¿Convertirme en un fugitivo? Soy demasiado viejo y, además, no volvería a ver a mi familia nunca más. Únicamente entorpecería la huida.

—Si te quedas, te aseguro que te matará.

—Tal vez sea la voluntad del buen Dios. Él me dio la vida y no permitirá que nadie me la arrebate.

Cassy se desesperaba con mis respuestas, pero al mismo tiempo sabía que mi fe era lo único que me mantenía con vida.

—Pídele a ese buen Dios que nos ayude a escapar esta noche. Cuando estén todos dormidos, pasaré a buscarte.

Mientras la mujer me dejaba a solas, en mi mente regresó la cara de mi amada esposa. Mi vida en Kentucky y la primera vez que entre lágrimas había entregado mi alma a Dios:

Señor, guárdame del lazo del cazador y de los dientes de este león hambriento. Mientras tenga aliento te alabaré y te daré toda la gloria. Todos mis días son tuyos. Ayuda a Cassy y a esa muchacha a escapar. Mi vida no importa, la encomiendo en tus manos.

Capítulo XXXIV

Fantasmas

Washington, mediados de noviembre de 1862

Harriet lo pensó mucho antes de aceptar la invitación del presidente a la capital. Se celebraba una cena benéfica a favor de unos mil esclavos que habían sido liberados recientemente. Al final decidió asistir. Su hijo Fred la acompañó en aquella cena de acción de gracias por la libertad de los hombres de color en el país.

La cena era muy suntuosa, estaba la flor y nata de la capital. Ya no había temor de que los confederados ocuparan la capital y la gente había regresado con la esperanza de poder ganar una parte en el reparto de la cercana victoria.

Fred y su madre se sentaron junto al secretario Chase, con el que tenían una entrañable amistad.

—Veo que al final se ha decidido a venir —dijo Chase. Había recibido muchas cartas de reproche de los Stowe. Aunque sabía que algunos de sus comentarios eran acertados, les costaba entender los frágiles y complejos recovecos de la política.

—Estoy aquí para celebrar la liberación de esos hombres y mujeres. Llevo toda la vida luchando por la emancipación, espero que su presidente proclame de una vez la libertad de todos los esclavos de este país. Para muchos, esta guerra no es más que un enfrentamiento entre élites. Creo que apoyar a los líderes del Norte o del Sur no vale la sangre ni de uno solo de nuestros jóvenes.

—La entiendo, señora Stowe, aunque le aseguro que el presidente no tardará en ratificar la emancipación de los esclavos. Las intenciones de Abraham Lincoln son las más honrosas que pueda pensar —comentó el señor Chase.

Su hijo le hizo un gesto para que se calmase un poco. La edad, más que convertirla en una mujer prudente y comedida, la estaba transformando en una verdadera luchadora por la libertad. Sabía lo que era perder a un hijo, por eso sufría por todas las madres de América.

—Creo que las guerras las ordenan y comienzan los hombres, pero las que más las sufren son las mujeres. Perdemos a nuestros hijos o maridos, vemos pasar hambre a los más pequeños, sufrimos con nuestros mayores, que en la última etapa de su vida han de enfrentarse a la desgracia de la guerra. No hay guerras justas, pero algunas son necesarias. Lo único que daría sentido a este enfrentamiento fratricida sería la libertad de los esclavos. Si el presidente quiere pasar a la historia como un villano, que continúe la guerra de la misma forma; si desea pasar como el adalid de la libertad, que libere ya a esa gente que lleva cientos de años sufriendo esta situación injusta.

<hr />

Tom Loker había sobrevivido a sus heridas. Los cuáqueros lo habían cuidado bien a pesar de sus modales y sus quejas. George y Eliza habían logrado llegar a la costa para buscar el primer barco que los llevase a Canadá.

Aquellas fueron las últimas noticias que tuve de ellos. Aunque hasta el último momento se encontraron en peligro.

Apenas habían llegado al muelle y subido a bordo del barco cuando Marks, que llevaba mucho tiempo persiguiéndolos, comenzó a preguntar por ellos a los marineros con los que se cruzaba y a ir barco por barco. Cuando llegó a donde estaban ocultos, se acercó al capitán y le preguntó por los fugitivos.

—Capitán, espero que colabore, ya sabe que la ley persigue a los que protegen a esos negros. Los dos son mulatos y es difícil distinguirlos de los blancos. El hombre lleva una marca en la mano, se la hizo su amo por desobedecerlo.

—No he visto a nadie que se parezca a las personas que ha descrito. Zarpamos en unos minutos, lo siento —contestó el capitán.

El hombre se dirigió a la pasarela, odiaba a los engreídos canadienses que los miraban por encima del hombro.

El cazador de seres humanos miró la cubierta, pero George y su esposa se encontraban en su camarote. Marks bajó del barco y comenzó a mirar a un lado y al otro.

—Mira, ese tipo aún sigue fuera —le dijo a su esposa, que agarraba al niño con todas sus fuerzas.

—No te preocupes, si Dios nos ha protegido hasta aquí, él nos ayudará a llegar a Canadá.

—Si te soy sincero, dudé muchas veces de si Dios nos ayudaría, pero he de confesar que si lo hemos logrado ha sido gracias a su ayuda.

El barco comenzó a moverse, la pareja continuó observando el muelle y, a medida que se alejaban, ambos experimentaron un gran alivio.

—Ya estamos seguros —dijo Eliza—, en Canadá seremos felices.

Mientras mis amigos escapaban, yo poco a poco me hundía en el pozo más hondo de la existencia. El amo me obligaba a trabajar más que al resto, no descansaba ningún día de la semana y por las noches caía reventado en el camastro.

Cassy tardó unos días en regresar a mi cabaña. Insistió en su idea de escapar. La tentación era muy fuerte, el más duro infierno se cernía cada día sobre mí. Lo único que me consolaba eran los viejos himnos que de vez en cuando me animaba a cantar.

—No creo que sea una buena idea —le contesté.

—Legree está dormido, tengo un hacha fuera, no te costará mucho matarlo en su cama —me pidió la mujer.

—No puedo hacer algo así.

—Sería un acto de justicia — se quejó la mujer.

—Asesinar a alguien, por muy malvado que sea, jamás será un acto de justicia —le contesté.

—Lo mataría yo misma, pero ya no tengo fuerza en los brazos —me confesó.

La mujer parecía muy decepcionada, después se dirigió hacia la puerta.

—¿Estás del todo seguro?

—Sí, Jesús nos manda amar a nuestros enemigos. No puedo matar al amo, aunque sea un ser abominable.

—¿Amar a los enemigos? ¿Acaso hay algo más antinatural? Si no matamos a Legree, la única forma que tendremos de salir de aquí será muertos.

—Dios salvó a Daniel de un foso lleno de leones y a sus amigos de un horno de fuego. Si es su voluntad, también me salvará a mí de esta terrible prueba.

—Entonces continuaré con el plan que había pensado. Ese cerdo no tardará en volverse loco. En el fondo, su conciencia no lo deja descansar. Tiene demasiados crímenes sobre su cabeza.

Cassy me dejó a solas. Aquellas horas de la noche eran el único momento de paz y tranquilidad de la jornada. Me puse de rodillas y comencé a orar:

Dios mío, te ruego que me libres de mis enemigos. Ayúdame a regresar a casa con mi familia. Tú eres el único que puede guardarme, el único capaz de cambiar esta terrible situación. Perdona al amo, cambia su corazón y que este lugar se convierta en un sitio de paz y amor.

Las lágrimas comenzaron a brotar de mis ojos. No era tristeza, tampoco desesperanza o miedo, lloraba al sentir la presencia de Dios en mi vida, la certeza de que no me había abandonado a pesar de todo aquel sufrimiento. Estaba en el centro de su voluntad y eso era lo único que me importaba. Comencé a cantar un himno. En medio de la noche se escuchó mi voz como el relámpago que ilumina el camino en el momento más oscuro, cuando la esperanza se ha perdido y de repente Dios lo aclara todo y te anima a seguir adelante.

∞ Capítulo XXXV ∞

Sacrificio

Washington, 25 de noviembre de 1862

La Casa Blanca no era tan impresionante como se había imaginado. El edificio se asemejaba a una gran mansión de las plantaciones del Sur. Los jardines estaban muy cuidados, aunque las obras cercanas los afeaban en parte. Para su sorpresa, había mucho trasiego por todas partes. La gente entraba y salía del edificio con facilidad. La guardia dejaba pasar al público sin demasiadas medidas de seguridad.

Harriet fue con su hijo Charly, de apenas doce años. No había querido rechazar la invitación, aunque era conocida su antipatía por el presidente. Lo que muchos consideraban prudencia para ella no era otra cosa que cálculo político. La mujer sabía que la única manera de hacer una tortilla era rompiendo algunos huevos.

Un asistente vestido de uniforme de la Unión los condujo por los pasillos de la segunda planta hasta el Despacho Oval. Harriet no pudo evitar contemplar los muebles demasiado ostentosos y la decoración horrible de las estancias. Había escuchado que la esposa del presidente era muy vulgar, que le gustaba gastar alegremente el dinero y que tenía muy mal gusto.

—Por favor, espere un momento —le dijo el asistente, después llamó a la puerta del despacho y entró.

—Charly, espero que te comportes de manera adecuada. Vamos a ver al presidente del país.

—No te preocupes, mamá.

—Por favor, pueden pasar.

Mientras ellos entraban por una puerta, un pequeño grupo de hombres salía por otra. Harriet se imaginó que aquel hombre estaba tan ocupado que el hecho de ser recibida era un gran honor e intentó cambiar la actitud.

—Señora Stowe, es un placer conocerla —saludó Lincoln poniéndose en pie. Era tan alto que ella tuvo que mirar hacia arriba para verle la cara.

—Es un honor, señor presidente. Este es mi hijo Charly, el pequeño de la familia.

—Hola, Charly. Espera —dijo el presidente acercándose a una gran maqueta que tenía en un rincón de la sala. Tomó una figura de plomo y se la dio.

Charly puso una sonrisa de oreja a oreja. Sus ojos brillaron al tener entre sus manos la reproducción perfecta de un soldado de la Unión.

—Por favor, siéntense. Así que usted es la pequeña mujer por la que se ha ocasionado esta guerra.

Harriet no pareció apreciar el comentario.

—Me temo que las mujeres nunca hemos ocasionado una guerra.

—Olvida Troya, creo que Helena tuvo mucho que ver en aquella.

—Sí, pero esta terrible guerra civil se ha producido por el corazón endurecido de los aristócratas de ambos bandos.

El presidente frunció el ceño.

—Esta guerra es por la libertad.

—¿Por eso ha prometido a los del Sur que si dejan las armas no abolirá la esclavitud?

La pregunta incomodó a Lincoln, pero al final esbozó una sonrisa, sus flacas mejillas se hundieron y dijo con cierto sarcasmo:

—Los esclavistas me acusan de antiesclavista; los antiesclavistas, de esclavista. Los del Norte, de querer pactar con el Sur; los del Sur, de ser el presidente de los del Norte. En un mundo de extremos, la única forma de mantener la cordura es intentando que todos cedan un poco.

—Lo siento, pero en lo único en que me considero radical es en la libertad. Este país no puede seguir manteniendo un sistema cruel y anticristiano como la esclavitud.

El presidente se colocó su mano derecha sobre el corazón y de una forma solemne contestó:

—Le prometo, y siempre cumplo mi palabra, que el 1 de enero del próximo año proclamaré la libertad de los esclavos en Estados Unidos. Llevo soñando con este momento toda mi vida, he luchado por él con toda mi alma, pero le aseguro que hubiera preferido evitar este baño de sangre.

Harriet se quedó en silencio. Nunca había visto al presidente, había escuchado todo tipo de comentarios sobre su persona, pero tenía que admitir que aquel hombre era especial.

El presidente se puso en pie y estrechó su mano.

—Esta nación está en deuda con usted. Cuando la conciencia de un pueblo se encuentra cauterizada, la voz de los profetas se ha de escuchar con más fuerza. Su libro ha despertado el amor por la libertad y el deseo de la abolición de la esclavitud, que únicamente puede saciarse con la emancipación de los esclavos de este país. Dios la bendiga, señora Stowe.

La escritora había recibido muchos elogios a lo largo de su carrera, la solían poner incómoda, pero se sintió orgullosa de haber contribuido a aquella causa. Todos los seres humanos tienen un propósito en la vida, el haber encontrado el suyo la hacía absolutamente feliz.

～❧～

Cuando yo, Sambo, descubrí el diario en el que anotaba todo Tom y comencé a leerlo, no pude evitar echarme a llorar y concluir su historia. No podemos cambiar el pasado ni borrar nuestros actos, pero hay algo grande y misericordioso en rectificar.

Aquel día fue el más confuso y triste de todos los que viví en la terrible mansión del amo Legree. Cuando se enteró de que Cassy y Emmeline habían desaparecido, se volvió loco de furia. Organizó una partida para salir en su búsqueda y nos puso a Quimbo y a mí al mando. Salimos en dos grupos con el amo hacia la zona de los pantanos. Sabíamos que era el único camino que podían haber tomado para escapar. Si se hubieran marchado por la carretera, en apenas unas horas habríamos dado con ellas.

Cassy era una vieja astuta que llevaba años organizando en la mente aquella fuga, conocía la zona a la perfección y nos llevaba delantera, aunque lo que en aquel momento ignorábamos era que nos habían engañado a todos.

Es cierto que las dos mujeres corrieron hacia los pantanos. Los perros les siguieron la pista hasta la zona que cubría, pero más tarde regresaron por donde habían venido y se ocultaron en la buhardilla de la casa.

Cassy había sacado algo de dinero del cofre del amo y, encerrada en la casa, esperó a un mejor momento para escapar.

Tras dos días de búsqueda infructuosa, el amo parecía desesperado.

—Parece que han logrado huir —le dijo Quimbo al amo.

Este lo atravesó con la mirada.

—Es imposible, no pueden estar muy lejos.

—Hemos registrado todos los alrededores palmo a palmo y no hay ni rastro de ellas. Es como si se hubieran esfumado.

—No son espíritus, daremos con esas esclavas malditas —insistió el amo.

—¿Debemos traerlas de vuelta o dispararles? —pregunté a Legree.

—No me importa lo que le hagan a esa vieja de Cassy, pero a la chica joven la quiero sana y salva.

El amo no se resignaba a perder su nueva adquisición. Cuando regresamos a la plantación, agotados de la búsqueda, el amo parecía más furioso que de costumbre.

—¡Maldición! Es imposible que se hayan esfumado —dijo, sentándose en el salón. Vio a lo lejos el cofre con la tapa hacia arriba y lo tomó—. ¡Me han robado! Se han atrevido a llevarse mi dinero.

Legree tomó su látigo y nos pidió que lo acompañásemos a la entrada de la casa. Convocó a todos los esclavos y comenzó a gritarles furioso.

—Cassy y Emmeline se han fugado, estoy seguro de que alguno de ustedes sabe más de lo que dice.

Observó al grupo de hombres y mujeres aterrorizados. El único que le mantuvo la mirada fue Tom.

—¿Cómo no lo he pensado antes? Si alguien sabe dónde se han escondido, ese eres tú.

Señaló a Tom con un dedo y Quimbo y yo fuimos por él. Tom no se resistió, parecía tan manso como siempre. Lo llevamos hasta una cabaña y lo atamos a una viga. El amo nos ordenó que lo azotásemos hasta que nos contara la verdad.

Quimbo y yo lo azotamos durante horas. Teníamos los brazos tan cansados que apenas podíamos sostener los látigos. No logramos que hablara. El amo nos terminó por quitar el látigo y siguió pegándole hasta que se sintió agotado.

—¡Te sacaré hasta la última gota de sangre si es preciso!

Tom tenía los ojos cerrados y apenas se quejaba, como si estuviera preparado para morir. Su rostro reflejaba una paz que me inquietaba el corazón.

—¡Dios mío, perdónalos! —gritó con su último aliento.

Legree lanzó el látigo al suelo. Sabía que sería imposible recuperar a aquel hombre tras la brutal paliza. No le daba lástima, pero perder a tres esclavos en un día era mucho más de lo que su corazón avaricioso era capaz de soportar.

—¡Terminen con él! —nos ordenó y salió del cobertizo.

Quimbo y yo nos miramos, inquietos. Sin cruzar palabra, mostramos la misma preocupación. Habíamos hecho muchas cosas malas en la vida, pero aquello era lo peor sin duda.

—Lo siento Tom, no queríamos causarte tanto mal —le dije, acercándole un poco de agua. Quimbo lo desató y el hombre se desplomó en el suelo.

—Yo los perdono, pido a Dios que no tome en cuenta este crimen. Él los ama, no importa cómo sean los pecados de ustedes, si se arrepienten, él es fiel y justo para perdonarlos.

Comenzamos a llorar como niños. Por primera vez en mucho tiempo, nuestros corazones comenzaron a sentir de nuevo.

—Lo acepto —dije, ante la sorpresa de Quimbo, que parecía menos receptivo.

Lo llevamos hasta su cabaña y lo tumbamos en el camastro. Pensamos que no lograría sobrevivir más de un día, pero al menos descansaría en paz.

~&⊙— Capítulo XXXVI —⊙&~

Demasiado tarde

Boston, 1 de enero de 1863

El Music Hall se encontraba lleno aquella noche. Harriet celebraba la lectura de uno de sus poemas, junto a la interpretación de una pieza de Beethoven y el *Hymn of Praise* de Mendelssohn. Justo en el descanso, mientras el público comentaba la primera parte del acto, uno de los empleados del teatro se subió al escenario y dijo:

—Acabamos de recibir un telegrama de Washington. El presidente Abraham Lincoln ha declarado la libertad de todos los esclavos de Estados Unidos.

Se hizo un silencio absoluto y, acto seguido, todos comenzaron a gritar de alegría. Aquella ciudad era una defensora de la libertad de los esclavos. Harriet, que estaba entre la multitud, sintió cómo le faltaba el aire y dio un respingo. Se había imaginado ese día de muchas maneras, pero, ahora que por fin aquel sueño se hacía realidad, era consciente de que aquel acto simbólico no era más que el principio del final de la larga marcha de la emancipación de los negros en Estados Unidos.

Entre las voces, unos pocos comenzaron a gritar «señora Stowe», hasta que todos se unieron al coro. La gente se apartó y ella se quedó sola enfrente de la multitud. Se puso en pie y todo el mundo comenzó a aplaudir.

Sintió algo electrizante, las lágrimas comenzaron a correr por sus mejillas. Era pequeña y frágil, pero gracias a su talento había conseguido que su país y el mundo creyeran que era posible una sociedad más justa y más libre.

Mientras los aplausos retumbaban en toda la sala, Harriet pensó en Tom, Eliza, George y todos los personajes de su novela. Recordó aquel día en la iglesia, la revelación que había recibido y el diario que le habían entregado en mano. Pensó en los viajes, la gloria, los hijos perdidos, los lectores que la agasajaban por donde quiera que iba. Se sintió agradecida y plena, su vida había servido para mejorar la de otros y eso le parecía más que suficiente.

George Shelby llegó a la casa al día siguiente. Estaba muy interesado en ver a Tom. Al parecer, llevaba semanas buscándolo por Nueva Orleans y alguien le había dicho que el pobre Tom había sido vendido a Legree.

Entró en la finca a caballo y se detuvo delante de la casa. Legree salió desaliñado y con mala cara, como si no hubiera pegado ojo en toda la noche. Unos extraños ruidos por encima de su habitación no le habían permitido descansar.

—¿Quién demonios es usted?

—Vengo a comprar a uno de sus esclavos, Tom, muchos lo conocen como el tío Tom.

—¿Tom? Esa maldita bestia ya no sirve para nada. Ayer tuve que darle su merecido.

George frunció el ceño y le preguntó:

—¿Dónde se encuentra?

—En su cabaña —le dije, señalando la choza infecta en la que vivía.

Sin mediar palabra, se dirigió hasta allí y Legree nos ordenó que lo siguiéramos.

—¡Dios mío! —exclamó al ver aquel cuchitril y el cuerpo inerte de su amigo.

—Tom, ¿qué te han hecho?

El pobre apenas podía moverse, pero levantó una mano y se aferró a la del joven.

—He venido para llevarte a casa —le dijo con los ojos llenos de lágrimas.

—Demasiado tarde, amo. Tengo otro viaje que hacer más importante. Regreso a mi hogar, al cielo.

—Pobre Tom.

—Ya no soy pobre, ahora soy rico, comparto todas las riquezas de mi Dios. Dejo esta vida, pero busco una mejor.

George se puso en pie furioso y comenzó a arremeter contra nosotros.

—¿Qué le han hecho, malditos? —nos gritó.

—No fuimos nosotros, fue el amo —le contesté.

—No los culpe a ellos. Se ha cumplido la voluntad de Dios. Mi sacrificio no ha sido en vano, por cada semilla que muere, nace un fruto mayor, que da a ciento por uno. Dígale a mi Chloe que muero feliz, que voy a la gloria con mi Señor.

George se agachó y comenzó a llorar sobre su lecho. Entonces Tom levantó la vista.

—¿No lo ve? Es hermoso, son ángeles que vienen por mí.

—Tom, me rompes el alma.

—No esté triste por mí, simplemente me voy antes, pero llegará un día en el que se reúnan conmigo mis seres queridos.

—Acabaré con ese asesino.

—No le haga daño, ore para que se salve su alma.

—¿La de un hombre como ese? No quiero ver en el cielo a alguien como él.

La mirada de Tom se entristeció.

—Dios nos ama a todos, hasta a Legree, y quiere que todos nos arrepintamos. Gracias por venir a verme en mi última hora, dígales a todos que los amo, que la vida no merece la pena si la gastamos de una forma egoísta, que, si mi Maestro murió por nosotros, debemos seguir su ejemplo.

La mano de Tom comenzó a aflojarse y su vista se perdió en el infinito.

Todos empezamos a llorar, entraron más personas de la plantación e irrumpieron en gemidos y quebrantos. Aquel hombre nos había traído a todos esperanza.

—Por favor, cómpreme —le pedí.

—No puedo, pobres diablos, que Dios los guarde.

George cubrió el cuerpo con su capa, después salió de la cabaña y se puso delante de Legree.

—Quiero llevarme el cuerpo.

—No vendo negros muertos.

—Le pagaré lo que sea.

El hombre se cruzó de brazos.

—No entiendo por qué tanta molestia por un negro.

George se contuvo, tomó su caballo y se alejó por el sendero. Enterramos a Tom unos minutos más tarde. Mientras comenzábamos a echar paletadas sobre él, la gente comenzó a cantar el viejo himno que tanto le gustaba.

Sublime Gracia del Señor
que a un infeliz salvó;
fui ciego mas hoy veo yo,
perdido y él me halló.
Su gracia me enseñó a temer;
mis dudas ahuyentó;
¡oh cuán precioso fue a mi ser
cuando él me transformó!
En los peligros o aflicción
que yo he tenido aquí,
su gracia siempre me libró
y me guiará feliz.
Y cuando en Sion por siglos mil
brillando esté cual sol,
yo cantaré por siempre allí
su amor que me salvó.

Capítulo XXXVII

El final de un monstruo

Mediados de enero de 1863

Harriet había entregado a la imprenta una larga carta a las mujeres de Inglaterra. Su lucha contra la esclavitud había logrado que todo un pueblo fuera liberado. Después se dirigió a Brooklyn para visitar a su padre. El hombre tenía ochenta y siete años, su mente ya no era tan lúcida como antes.

Ahora su pelo era completamente blanco, le temblaban las manos y apenas podía mantenerse en pie. Únicamente sus ojos parecían tan determinados y encendidos como en su juventud. Harriet sintió un nudo en la garganta al verlo tan débil, aún recordaba cómo corría a su encuentro cada vez que llegaba a casa. Él la sujetaba con sus brazos fuertes y ella sabía que no tenía nada que temer.

—Padre, hemos conseguido que los esclavos sean libres.

Las lágrimas recorrieron los ojos claros del hombre, su mente ya no era como antaño.

—¿De verdad?

Parecía que entendía sus palabras, como si Dios le hubiera devuelto por unos momentos la lucidez perdida.

—Sí, padre —contestó entre lágrimas.

—Me queda poco, hija, parto al cielo con nuestro Padre celestial. Me siento tan indigno..., no merezco su gracia, pero si de algo me alegro es de haberlos tenido a todos ustedes. Son la luz de mis días, hija. Unos verdaderos luchadores por el evangelio y por nuestro Señor Jesucristo.

—Es tu legado, nos enseñaste a amar a Dios sobre todas las cosas y al prójimo como a nosotros mismos.

Su padre la abrazó, temblaba como una hoja mecida por el viento de noviembre, su cuerpo frío parecía a punto de derrumbarse.

El invierno se cernía sobre la nación. La guerra continuaba recolectando su diaria cosecha de sangre y ella oró a Dios para que protegiera a su hijo Fred. Unos días más tarde, su padre falleció y su hijo fue herido en el frente.

La última noche de Cassy en la mansión fue una verdadera pesadilla para el amo Legree. Escuchaba gemidos y pasos, se tapaba los oídos atemorizado, temiendo que el fantasma de Tom se le apareciera.

—Me estoy volviendo loco, ese negro me ha hechizado —se dijo mientras se cubría la cara con las manos.

El hombre se levantó mareado, llevaba horas bebiendo, después se acercó hasta la escalera y se quedó en silencio. Escuchó de nuevo los pasos y comenzó a temblar. Llevaba un quinqué en la mano, afuera azotaba el viento.

—¡Maldito seas, negro! —gritó en medio del silencio de la noche. Después se encaminó hacia su despacho, abrió los arcones y contempló su fortuna.

—Esto es lo que vale mi alma —se dijo, decepcionado. Empezó a tirar el dinero por los aires, se tropezó con el quinqué y este vertió su aceite sobre el papel moneda. Enseguida comenzó a prender.

—¡Por todos los diablos del infierno! —gritó mientras se abalanzaba sobre él para apagarlo.

El fuego se extendió con rapidez por todas partes y llegó hasta los cortinajes. El hombre no escapó de las llamas, empeñado como estaba por salvar su dinero.

Cassy sintió el humo y bajó con la chica por las escaleras. Miró el despacho del amo y se percató el fuego. Entre las llamas, Legree vio a la mujer.

—¡Otro fantasma!

Las dos esclavas corrieron escaleras abajo; él intentó seguirlas, pero el fuego lo tenía encerrado. Los esclavos, al ver el resplandor, se dirigieron hasta la puerta y se encontraron de frente con las mujeres.

—¿Qué sucede? —les pregunté. Estaba sorprendido de verlas allí.

—La casa se quema, es lo mínimo que merece nuestro amo. Tomen.

Nos lanzó unos sobres lacrados. Todos tenían un nombre escrito.

—¿Qué es esto? —le pregunté.

—Las cartas de liberación de todos ustedes. Las hice copiando la letra del amo.

—Hay que apagar el fuego —dijo Quimbo.

Las llamas ya se extendían por toda la segunda planta y comenzaban a descender por las escaleras.

Cassy y la chica se dirigieron hacia la salida.

—¿Puedo irme con ustedes? —les pregunté.

—¿Tú, Sambo? Me azotaste con el látigo, eres el perro guardián del amo.

—He cambiado, Tom me hizo cambiar, sus palabras han roto este corazón endurecido —les dije, señalándome el pecho.

Me miraron sorprendidas, pero al final me pidieron que colocara un caballo en el carro y les hiciera de conductor. Preparé el carro, las dos mujeres se sentaron detrás. Portaban unas maletas y estaban vestidas de forma elegante.

—Llévanos a la ciudad, tenemos que tomar el vapor que va al Norte —me ordenó Cassy.

Dirigí el carro hacia el sendero debajo de aquellos árboles majestuosos. Pasamos por última vez por aquel camino que nos recordaba tanto al purgatorio. Me giré y vi la mansión en llamas, lucía como una antorcha brillante en medio de la oscuridad. Entonces me sentí liberado. No me alegraba la muerte del amo, pero tampoco me causaba la menor tristeza. En un hato que había hecho con rapidez llevaba las pocas pertenencias que había logrado reunir en mi vida, algo de ropa y el diario de Tom. Me prometí a mí mismo que, si Dios me ayudaba, se lo daría a alguien para que lo publicara. La vida del hombre que me había liberado de la peor esclavitud, la de mi propia maldad, tenía que ser conocida en el mundo entero.

Capítulo XXXVIII

El regreso a casa

Mandarin, Florida, marzo de 1867

La escritora era feliz en aquel paraíso en la tierra. Un gigantesco roble protegía la casa, Calvin y ella pasaban los largos días de la eterna primavera de Florida leyendo, dando largos paseos y dejando que el tiempo corriera sin prisa. Sus hijos ya eran mayores, el único que les preocupaba era Fred, que continuaba cayendo una y otra vez en el alcoholismo.

Calvin leía sus libros en alemán y estudiaba los ensayos que no había logrado terminar nunca. Harriet continuaba escribiendo artículos y preparando una nueva novela. Mientras, su esposo logró concluir un estudio sobre las Sagradas Escrituras que se vendió francamente bien.

Harriet estaba pensando en escribir la que ella creía su obra maestra literaria. La había estado madurando en la mente por mucho tiempo y, después de cuatro años de duro trabajo, la concluyó por fin. Tenía muchas dudas, así que la repasó muchas veces, cambiando partes y añadiendo otras. Quería que fuera su obra más completa. La había titulado *Oldtown Folks*. La historia trataba de Nueva Inglaterra, en una época en la que el mundo era mucho más tranquilo. La protagonizaba una familia pastoral que luchaba por cambiar una ciudad y mantener el poder del evangelio. En la novela se sucedían momentos dramáticos y, sobre todo, el cambio trascendente de los personajes, que encuentran a Dios en medio de su adversidad.

Harriet quería que la sociedad norteamericana regresara a la sencillez original de Estados Unidos. La prosperidad del país se había llevado aquella búsqueda incesante de Dios.

El mundo se precipitaba hacia un abismo más terrible que la guerra civil, hacia la indiferencia y el ateísmo.

La escritora estaba a punto de presentar al público un nuevo drama, en el que los esclavos ya no eran negros, pero sus cadenas eran más fuertes y poderosas que las de estos. Harriet deseaba que la gente de su generación se aferrase al gran libertador de sus almas: Cristo.

━◈━

Cassy se transformó en una dama. Tomamos el primer barco río arriba. Emmeline nos había dejado con la intención de regresar a su casa, pero yo me había quedado con Cassy como criado.

Tras la primera noche a bordo, Cassy se dirigió al comedor, sus formas eran tan elegantes y exquisitas que nadie sospechó que se trataba de una esclava.

En una de las mesas vi a George Shelby e intenté que no me reconociera, pero vi cómo se acercaba a Cassy, para luego sentarse al lado de otra mujer.

—Buenos días —dijo George a la mujer de la mesa.

—Buenos días.

—¿Está libre el sitio? Todo el salón está repleto —le comentó el hombre.

—Por favor, siéntese.

—¿A dónde se dirige? —preguntó George.

—A Kentucky —contestó la dama

—Qué casualidad, yo también. ¿Cómo se llama?

—Mi nombre es Madame de Thoux.

Estuvieron un rato charlando, hasta que la mujer descubrió que el joven vivía en la misma zona en la que ella se había criado de niña.

—¿Conoce a un hombre llamado George Harris?

—Sí, claro, estuvo casado con mi criada Eliza, ambos se escaparon a Canadá.

Cassy, que estaba escuchando al lado, puso un gesto mezcla de tristeza y alegría al mismo tiempo.

—Es mi hermano —le confesó—. Me vendieron de niña, soñaba con regresar a casa y liberar a mi hermano, pero según usted ya ha escapado. Me hubiera gustado verlo, pero me alegra más que ahora esté a salvo en Canadá.

El joven la miró sorprendido.

Cassy se puso en pie y se paró enfrente de la mujer, pero, para sorpresa de todos, se desplomó, perdiendo el conocimiento. Unos minutos más tarde, lograron reanimarla.

—¡Hija mía! —le dijo abriendo los brazos. Cassy había encontrado a su hija después de tantos años. La tristeza la abandonó para siempre y le dio gracias a Dios por aquel maravilloso encuentro.

George se dirigió a su casa dos días más tarde. Sus padres lo esperaban ansiosos, pero se entristecieron al ver que no traía a Tom.

—Lo siento, Chloe —le dijo a la mujer.

—Mi Tom, ¿está muerto?

—No, se encuentra en el cielo, me pidió que te dijera que Dios lo ha llamado a la gloria y que no te preocupes por él. Un día se volverán a ver.

La mujer se abrazó a él y todos los miraron con lágrimas en los ojos. Tom había sido su consuelo por mucho tiempo, el hombre que los había acercado a todos más a Dios.

Cuando los Shelby estuvieron a solas, el hijo les contó lo sucedido. Su padre parecía especialmente nervioso, se sentía culpable. La venta de Tom había desatado una serie de acontecimientos desgraciados que no había podido imaginar.

—Quiero decirles algo —comentó mientras se ponía en pie.

Los dos lo miraron expectantes.

—He decidido liberar a todos nuestros esclavos. En esta familia nunca más nadie poseerá a otra persona como si fuera un objeto.

Su mujer le dio un tierno abrazo, su hijo los observó durante unos instantes para después unirse a ellos. El sacrificio del tío Tom no había sido en vano. Ahora todos sus viejos amigos, su familia y sus feligreses eran libres por fin.

Los tres salieron al porche y convocaron a todos los trabajadores. George tomó la palabra. Parecía tan feliz como si acabara de enterarse de que había heredado la mayor fortuna del mundo.

—Mi padre ha decidido liberarlos a todos. Los queremos, ustedes nos han servido fielmente durante generaciones. Les pedimos perdón por todo este tiempo en que han sido nuestros esclavos. El precio de su libertad ha sido muy alto. El tío Tom fue el que nos liberó a todos de las peores cadenas que tiene el ser humano. El odio, la maldad y el orgullo son el crisol sobre el que se asienta la raza humana, pero Tom nos enseñó que el amor vence al odio, la bondad a la maldad y la humildad al orgullo. Todo esto lo digo para que juntos sigamos sus huellas y seamos cristianos tan leales y fieles como él.

Las palabras de George Shelby nos llegaron a todos al corazón. Cassy, su hija y yo lo habíamos acompañado hasta la casa y al escuchar sus palabras comprendimos todo lo que había conseguido el sacrificio de un hombre imperfecto. «Mucho más logrará el sacrificio en la cruz del Hijo de Dios», me dije mientras tomaba la firme decisión de que la vida de Tom fuera conocida en todo el mundo, para que se supiera de su sacrificio y su amor por todos los que lo rodeaban. Dijo Jesús: «Nadie tiene un amor mayor que éste: que uno dé su vida por sus amigos».[10]

---

10. Juan 15.13 (NBLH).

～✎ Epílogo ✎～

Cassy viajó con su hija a Canadá. Necesitaba encontrarse con George Harris y su familia. Ahora que sabía que era abuela, no había nada que anhelase más en el mundo que conocerlo. Al parecer, cuando llegó a Montreal, la familia había partido a África. Algunos grupos de cristianos, apoyados por el gobierno, estaban intentando que los antiguos esclavos se establecieran en Liberia. Las dos mujeres compraron unos pasajes y los siguieron en esta última aventura.

Yo, por mi parte, me decidí a viajar a Maine. Dios había puesto en mi corazón que la gente debía conocer la historia de Tom. Sabía que él me guiaría a la persona indicada.

Tras unos días de viaje, me detuve en un pueblo muy al norte del estado. Era domingo, entré en la iglesia y escuché el sermón, pero, mientras hablaba el predicador, tuve una especie de visión. Dios me indicó que la persona elegida era una mujer sentada unas filas más adelante.

Mis dudas y mis prejuicios me hicieron alejarme justo al terminar el servicio. No podía creer que Dios pudiera utilizar a una mujer para una tarea tan importante.

Al domingo siguiente, después de que sintiera la confirmación de que era la persona elegida para escribir el libro, me presenté de nuevo en la iglesia. Ahora escribo las últimas palabras de este diario. Esta tarde visitaré a los señores Stowe, espero que Dios prospere esta empresa y todos conozcan la vida y muerte de Tom, el hombre más valiente que he conocido jamás.

Comentario sobre la obra de Harriet Beecher Stowe

Harriet Beecher Stowe fue una de las autoras más reconocidas y leídas de su tiempo. Su libro *La cabaña del tío Tom* fue un éxito de ventas en todo el mundo, convirtiendo a la autora en la primera escritora de fama global.

Harriet era una joven esposa y madre; mujer, hermana e hija de pastor, sentía una profunda devoción cristiana y había dedicado su vida a la lucha contra la esclavitud y el respeto a las mujeres. Fomentó junto a su hermana Catharine la educación de las mujeres, sobre todo formando a muchas para convertirse en profesoras. Luchó por la igualdad de las mujeres en la sociedad, sobre todo en el ámbito social. Lectora ávida, conoció a esposo, Calvin Stowe, en un club de lectura mientras vivía en Cincinnati, Ohio.

Harriet provenía de una larga saga de predicadores congregacionalistas. Su padre, Lyman Beecher, había sido pastor en varias congregaciones, pero se había destacado en su lucha contra los esclavistas y por los derechos de los nativos norteamericanos. Preocupado por la situación del medio Oeste, decidió dirigir en Ohio un seminario. La mayor parte de sus trece hijos destacó en la lucha y la defensa de los derechos de las minorías y de la abolición de la esclavitud.

El detonante para la escritura de la novela *La cabaña del tío Tom* fue la promulgación de la Ley de Esclavos Fugitivos de 1850, que prohibía que se les diera cobijo a los esclavos huidos al Norte y castigaba a las personas que los ayudasen. Esa fue la gota que colmó el vaso de su paciencia. Los Stowe habían ayudado y acogido a esclavos huidos durante su etapa en Ohio y sentían que debían hacer algo para frenar aquellas leyes injustas.

Catharine animó a su hermana Harriet a que utilizara su talento literario para escribir una novela sobre la esclavitud.

Harriet se decidió a escribir una serie de textos y proponer su publicación en un periódico abolicionista.

La cabaña del tío Tom salió en forma de artículos en un periódico abolicionista llamado *The National Era*. Desde el primer momento fue un éxito rotundo, los dramáticos personajes de la novela llegaron al corazón de cientos de miles de personas y, más tarde, de millones. Se tradujo a casi todos los idiomas y durante el siglo diecinueve se convirtió en el libro más vendido después de la Biblia. A lo largo de estos más de 168 años, la novela ha cambiado la vida de las personas que la han leído, sin dejar a nadie indiferente.

La reacción de muchos ante la novela fue muy virulenta. Por un lado, la autora recibió miles de cartas de apoyo, pero también cientos de mensajes de desprecio y amenazas, incluido un paquete en el que le enviaron el trozo de la oreja de un esclavo.

La primera reacción de la crítica hacia Harriet Beecher fue muy dura. Muchos consideraron su novela un melodrama doméstico, que a la autora se le había ido de las manos. Nada más lejos de su intención; lo que deseaba Harriet era poner al descubierto la situación de millones de personas que sufrían el azote de la esclavitud por el simple hecho de tener el color de piel inadecuado.

El 24 de abril de 1852, la *Literature World* de Nueva York dijo del libro que podía causar un daño infinito. Otras publicaciones religiosas, como la *Southern Quartely Review*, dijeron que la malevolencia de la señora Stowe era tan conspicua que las enaguas se levantaban solas y descubrían la pezuña de la bestia escondida debajo.

William Gilmore Simms, el famoso novelista sureño, calificó la obra de falsa y prejuiciosa.

Harriet reaccionó escribiendo un segundo libro titulado *La llave de la cabaña del tío Tom*, en el que hablaba de los documentos y libros utilizados para escribir su novela. En este libro, la autora analizaba sus personajes y las personas reales en las que se había basado.

En el Reino Unido, *La cabaña del tío Tom* tuvo un éxito abrumador. En el primer año vendió más de doscientas mil copias. Muy pronto se tradujo a casi todos los idiomas occidentales.

Muchos criticaron la obra de Harriet por el simple hecho de que fuera mujer. La calificaron de literatura para mujeres o doméstica. Otros criticaron el marcado acento cristiano del libro, en especial de su personaje principal, Tom, que se convirtió para muchos en el modelo de esclavo servil y bonachón.

Se criticó que los personajes mulatos de la novela parecieran más inteligentes y decididos que los que eran más negros.

Otros vieron en la novela de Harriet una crítica al patriarcado e incluso una exaltación de la figura femenina, con una categoría moral mayor que la masculina.

A lo largo de este siglo y medio desde su publicación, han surgido muchos libros contrarios a *La cabaña del tío Tom*. Algunos escritos por proesclavistas del Sur y otros por autores negros a los que no les gustaron los estereotipos de Harriet.

La novela se llevó enseguida al teatro, con gran éxito, y después al cine, en el que ha tenido varias versiones.

Muchos han cuestionado durante años la vigencia del libro y su papel en la configuración de la mentalidad norteamericana contemporánea, pero sin duda esta novela de Harriet y sus obras posteriores pusieron las bases de una nueva comprensión de la sociedad estadounidense y de la influencia puritana de la misma.

Aclaraciones históricas

El color del corazón es una novela histórica y, como tal, mezcla realidad y ficción.

Los datos y hechos relacionados con la vida de Harriet Beecher Stowe son verídicos, inspirados en la correspondencia de la autora y en algunas de las biografías más importantes que se han escrito sobre esta gran escritora.

Las conversaciones y algunos de sus discursos han sido recreados respetando la forma de pensar y actuar de la escritora. Sus viajes y encuentros con personajes como Dickens, la reina de Inglaterra o el mismo Abraham Lincoln son reales.

El encuentro de Harriet con Sambo es ficticio, aunque la autora sí se apoyó en la autobiografía de un esclavo llamado Josiah Henson. De hecho, mi reinterpretación de Tom está basada en parte en este personaje.

El resto de los personajes de la novela son fieles en su forma y personalidad a los descritos por la propia Harriet.

La trascendencia e importancia de la novela *La cabaña del tío Tom*, así como la reacción del público y la crítica, son verídicos.

En el mundo en que vivimos, donde la intolerancia y el racismo crecen de nuevo, la literatura puede convertirse, como hace más de un siglo y medio, en un instrumento para combatir esta lacra. *El color del corazón* nació con ese espíritu, fomentando el amor y la compasión por encima del odio y el temor que tienden a separarnos de nuestros semejantes.

Agradecimientos

En primer lugar, quiero agradecer a la autora Harriet Beecher Stowe por regalarnos su obra y transmitirnos sus valores cristianos. Sin ella, la liberación de los esclavos en Estados Unidos tal vez se hubiera retrasado veinte o treinta años más.

Agradecer a Christopher Garrido y Graciela Lelli por enamorarse de este proyecto. También al amplio y maravilloso equipo de Grupo Nelson y Thomas Nelson por su trabajo y su amor por mis libros.

A mi agente, Alicia González Sterling, que siempre me acompaña en esta dura carrera de la literatura.

A los lectores de América, de tantos países a los que amo y espero volver.

A mis lectores en otros idiomas, que han convertido mis historias en universales.

Sobre todo, a Dios, que me dio este talento y el valor para que dedicara toda mi vida a él.

Cronología

Harriet Beecher Stowe (1811-1896)

1811. 14 de junio. Harriet Elizabeth Beecher, séptima hija del prominente teólogo Lyman Beecher y de Roxana Ward Foote, nace en Litchfield, Connecticut. La familia era de origen inglés, sus raíces en Nueva Inglaterra se conocen hasta el año 1638.

1816. Harriet pierde a la edad de cinco años a su madre, Roxana Beecher. Su padre, Lyman Beecher, se casó en otras dos ocasiones, teniendo un total de once hijos. Los hermanos de Harriet fueron: William, Edward, George, Henry, Charles, Thomas, James, Catharine, Mary e Isabella.

1821. Harriet realiza sus estudios en la Academia Litchfield. Allí comienza a amar la literatura con obras inmortales como las de Sir Walter Scott o Lord Byron.

1824-1832. Harriet se muda a Hartford para convertirse en alumna y, más tarde, maestra en la escuela del Seminario Femenino de Hartford, dirigido por su hermana mayor, Catharine.

1826-1832. El padre de Harriet se traslada con su familia a Boston, donde es nombrado pastor de la iglesia de Hanover Street.

1832. El doctor Beecher acepta la dirección del Lane Theological Seminary en Cincinnati, Ohio. La familia Beecher, incluida Harriet, de veintiún años, acompaña al padre en esta nueva aventura. Harriet será maestra en la escuela con su hermana Catharine.

1834-1850. Las revueltas a favor de la esclavitud afectan a Cincinnati y la familia de Beecher se involucra aún más en su lucha contra la esclavitud. Los Beecher colaborarán en el famoso ferrocarril subterráneo que atraviesa Cincinnati desde la vecina Kentucky ayudando a esclavos fugitivos.

1833-1834. Con su hermana Catharine, Harriet escribe un libro de texto, *An Elementary Geography* (1833). En 1843, publica su primer libro en solitario, *The Mayflower, Sketches of Scenes and Characters with the Descendants of the Puritans*, una colección de quince cuentos.

1836. 6 de enero. Harriet se casa con Calvin Ellis Stowe (1802-1886) después de la muerte de Eliza Tyler, la primera esposa de Stowe y la mejor amiga de Harriet en Cincinnati.

1836. 29 de septiembre. Harriet da a luz a sus primeros hijos, las gemelas Harriet y Eliza. La pareja llegará a tener siete hijos en total; el último, nacido en 1850 y el penúltimo, muerto en la niñez.

1850-1851. Se promulga la Ley de Esclavos Fugitivos de 1850 por la que se prohíbe la ayuda a esclavos fugitivos en el Norte.

1851. *La cabaña del tío Tom* se publica por primera vez como una serie de artículos en el periódico abolicionista *The National Era*.

1853-1856. Harriet Beecher Stowe logra reconocimiento internacional. Los Stowe hacen tres viajes a Europa.

1856. *Dred: A Tale of the Great Dismal Swamp*, será la segunda novela de Harriet contra la esclavitud.

1859-1878. *The Minister's Wooing* (1859), será la primera novela de Stowe cuyo trasfondo es Nueva Inglaterra. Después publicará *The Pearl of Orr's Island* (1862). En los años siguientes publica *Oldtown Folks* (1869) y *Poganuc People* (1878).

1861. Comienza la Guerra Civil. Frederick, el hijo de Harriet, se presenta voluntario y sirve como capitán en el ejército de la Unión. Herido en la batalla de Gettysburg, logra recuperarse poco después.

1863. El doctor Lyman Beecher muere en Brooklyn, Nueva York, después de haberse mudado cerca de su hijo, Henry Ward. La familia Stowe se muda a Hartford, Connecticut.

1867-1884. Los Stowe establecen una residencia de invierno en Mandarin, Florida.

1886. 6 de agosto. El esposo de Harriet, Calvin Ellis Stowe, muere en la ciudad de Hartford.

1889. La primera biografía oficial de la escritora, *Life of Harriet Beecher Stowe*, es publicada por el hijo de Harriet, el reverendo Charles E. Stowe.

1896. 1 de julio. Fallece Harriet Beecher Stowe en Hartford, Connecticut. Ese mismo año, Houghton, Mifflin and Company de Boston publica *The Writings of Harriet Beecher Stowe*, en dieciséis volúmenes.